毎晩
ちゅーしてデレる
吸血鬼のお姫様
著 岩柄イズカ ill. かにビーム

テトラ＝フォン＝ヴァルフレア♡
「あう……
やっぱりなでなでするのは
だめですか？　テトラは
敵じゃないですよ？」

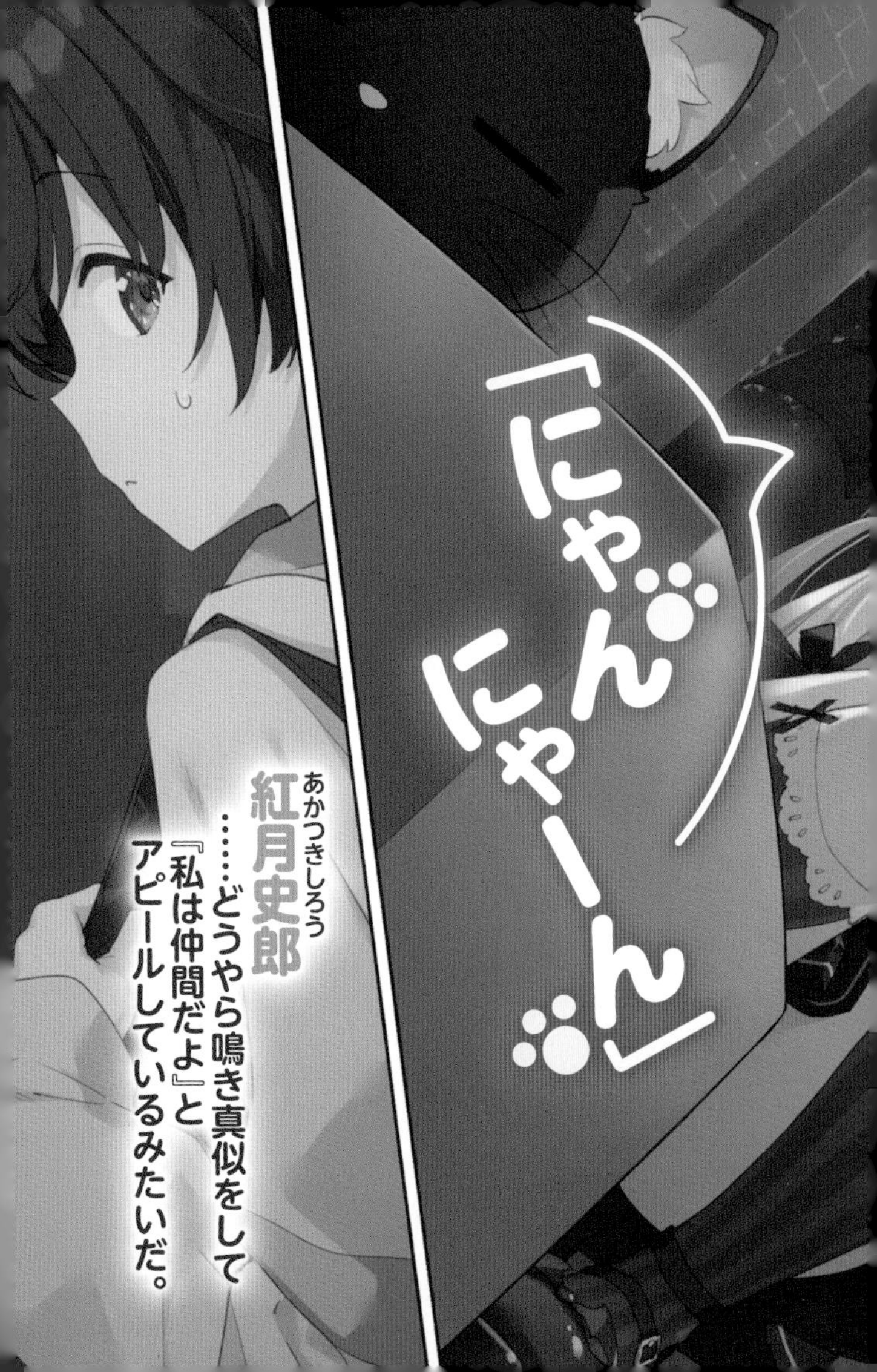
「にゃん
にゃーん」
紅月史郎《あかつきしろう》
……どうやら鳴き真似をして
『私は仲間だよ』と
アピールしているみたいだ。

「ふふ、お預けされた分、たっぷり堪能させてもらいますからね？」

テトラの吐いた息が
当たるほどの距離。
ペロリと舌舐めずりする姿は
どこか蠱惑的で、
女の子のいい匂いがする。

「なんだかさっきから……
すごく、しろーの血、
ほしくて……」

# 毎晩ちゅーしてデレる吸血鬼のお姫様

# 毎晩ちゅーしてデレる吸血鬼のお姫様

岩柄イズカ

GA文庫

カバー・口絵　本文イラスト
かにビーム

# プロローグ

それはゴールデンウィーク初日の夜のこと。

高校一年生の少年――紅月史郎《あかつきしろう》は近所のスーパーに半額弁当を買いに来ていた。

「お買い上げありがとうございましたー」

売れ残っていたお弁当を買って店を出るともうとっぷり日が暮れていた。パートのおばちゃんがなかなか半額シールを貼《は》ってくれなくて遅くなってしまった。

（けど、この街は日が沈んでも明るいなぁ）

史郎はそんなことを考えて街灯の灯《あか》りに眼を細める。

もう日が暮れているのに大通りは街灯や商店の明かりで昼間のように明るい。

そんな街並みを眺めながらてくてく住んでいるアパートまでの道を歩いていると、おそらくは史郎と同年代だろう、何人かの少年少女のグループとすれ違った。

ゴールデンウィークということで友達グループで遊び惚《ほう》けていたのだろうか？　一様にテンションが高く、楽しそうにキャッキャと笑っている。

それを見送って、史郎は小さくため息をついた。

（ゴールデンウィークも結局、家でゴロゴロしてばっかり……）

――史郎が生まれ育ったのは田舎にある小さな小さな村だった。

当然子供の数も少なく、村にある学校の生徒は史郎と妹の二人だけという有様。中学時代の一番の思い出は放課後に毎日校長先生と将棋を指していたことという惨状だ。

それだけに、大きな街の高校に進学が決まった時は期待していた。

これから高校で大勢の友達に囲まれ、可愛《かわい》い女の子と恋をして、漫画なんかで見たようなキラキラした青春を送れるんだと。

が、現実はうまくいかなかった。

まず話題が噛《か》み合《あ》わない。

史郎が詳しいのはカブトムシがよく寄ってくる餌の作り方とかかくれんぼの時の気配の消し方などで、ブイチューバーとかソシャゲとか言われても全然わからなかったのだ。

史郎がスマホを持っていないのも痛かった。現代の高校生でスマホを持っていないのはかなり致命的である。

極めつけは高校入学直後の失敗だ。

テレビドラマの話で盛り上がっている女子達に『テレビドラマの話ならいける！』とおじいちゃんと見ていた時代劇の話題で突撃してドン引きされたのだ。

その時の『なにこいつ……』という顔が軽いトラウマになってしまい、それ以来人の輪に入るときに二の足を踏むようになってしまった。

　一応学校で話せる相手もいることはいるのだが、それも休日に遊ぶほどではない。結果としてゴールデンウィークにも関《かか》わらず史郎は今日も一人、夕食に半額弁当を買いに行く日々を送っているというわけだ。

「はぁ……」

　田舎から出てきたばかりの頃は希望に溢《あふ》れていた。これからきっと素晴らしい青春が始まるんだと胸を高鳴らせていた。

　けど現実は、大きな不満があるわけではないのだけど、まったく充実していない日々が続いてしまっている。

　このまま大きなイベントもなく三年間を終えて、なんとなく大人になっていくのかなとまたため息をついた。


　……それはそうとすっかり遅くなってしまった。

　ちょっと近道しようと、普段あまり通らない裏路地に入る。

　大通りと違って裏路地はまばらに立っている街灯以外に明かりはなく、かなり暗い。

　近くに寂《さび》れた公園もあって雰囲気がかなり不気味なためか、人通りもなくシンと静まりかえっている。

とはいえこの程度の暗がりなど田舎で歩き慣れている。史郎は特に気にした様子もなく歩き進んでいく。

そうしてしばらく歩いて行くと——道端に、銀色の髪の少女がしゃがみ込んでいた。

びっくりして立ちすくんだ。その少女の背中には……まるでコウモリのような黒い羽が生えていたのだ。

(……吸血鬼《きゅうけつき》⁉)

存在は知っていたけれど、まさかこんなところで出くわすなんて夢にも思わなかった。

——吸血鬼がこの世界にやってきたのは一年ほど前の話。日本近海に巨大な島ごとドカンと現れて、ものすごい大騒ぎになった。

なんでも元々は違う世界に住んでいたのだけど、向こうの人間に迫害を受けてこちらの世界に住んでる土地ごと逃げてきたのだとか。

なにせ初めて確認された異世界人。当時は毎日のようにニュースで取り上げられたおかげで、日本人でその存在を知らない者はいないだろう。

けれど実物を見たのは初めてだ。

(お、襲われたりしないよね……?)

これまたテレビで連日のように『吸血鬼に危険はない』『少し文化や生態が違うだけで人間と

ほとんど変わらない』と繰り返し言っていたけれど、やはり少し怖い。

つい映画や小説で見るような、人間の血を残らず吸い尽くしてしまう怪物を想像してしまう。

……幸い、吸血鬼の少女はこちらに気づいていないようだ。道端に置かれた段ボールの箱を、何やら真剣な眼で覗《のぞ》き込んでいる。

君子危うきに近寄らず。史郎はそのままこっそり少女の後ろを通り抜けようとした。

「………」

チラリと少女の方を見る。

夜闇《やみ》の中、街灯に照らされるその姿はどこか幻想的な美しさがあった。

街灯に照らされて輝くような銀色の髪に、透き通るような白い肌。背中に生えた黒い羽。

年齢的には自分と同じか少し下ぐらいだろうか？　体格は小柄な方みたいで、着ている洋服の雰囲気も相まって可愛《かわい》らしいお人形みたいな印象だ。

そして少女は後ろにいる史郎の存在に気づかず、熱心な視線で道端に置かれた段ボールを覗き込んでいる。

……そんなに熱心に見ていると箱の中身が気になってくる。

好奇心に勝てず、そーっと近づいて箱の中身を覗いてみた。

段ボール箱の中には……黒い子猫がいた。状況から見て捨て猫だろうか？

少女はそっと子猫に手を伸ばした。

子猫を刺激しないように、ゆっくりゆっくり手を近づける。

二十センチ、十センチ、五センチ……だがそこで子猫にぺしっと手をはたかれてしまった。

「あう……やっぱり撫《な》で撫《な》でするのはだめですか？　テトラは敵じゃないですよ？」

少女は寂しそうに肩を落とす。しかし少女はくじけない。

今度は両手を頭に持っていって、猫の耳のようにピコピコ動かした。

「にゃんにゃーん」

……どうやら鳴き真似をして『私は仲間だよ』とアピールしているみたいだ。

そうやって猫の真似をして、もう一度触ろうと手を近づけてみる……が、にべもなくぺしっと手をはたかれてしまった。

……その様子がなんだか微笑《ほほえ》ましくて、史郎はついちょっとだけ笑ってしまった。

「っ⁉」

少女がビクッとしてこちらを振り向く。

――宝石のような深紅の瞳《ひとみ》に、幼さを残した可愛らしい顔立ち。道を歩けば誰《だれ》もが振り返るような美貌と愛らしさ。

これまでほとんど異性と関わることがなかった史郎は一瞬で眼を奪われてしまった。

一方の少女は少し顔を赤らめながら威嚇するように史郎を睨《にら》んでいる。

「な、なんですか人間！　見世物じゃねーですあっちいけ、です！」

「ごめんなさいっ⁉」

つい軽く声が裏返った。一目見た瞬間の衝撃があまりにも大きくて頭が真っ白になっている。

少女は「ふん」と鼻を鳴らすと史郎に興味を失ったように再び子猫に視線をやる。

「あ、あのっ！」

つい衝動的に声をかけてしまった。一方の少女は相変わらずの不審者を見るような眼でもう一度史郎を見る。

「……なんですか？」

「い、いや、あの……そ、その子、捨て猫かな？」

「……ふん。見ればわかるでしょう」

「えっと、触りたかったの？　さっき『にゃんにゃん』って鳴き真似までしてたけど」

「そ、そこはスルーしやがれです！」

少女は恥ずかしそうに頬《ほお》を染めてぷいっとそっぽを向いてしまう。

「……ちょっといいかな」

そう言って少女の隣に腰を下ろした。少女は『なんだこいつ？』と言わんばかりの眼を向けてくる。

心臓が口から飛び出しそうなぐらいドキドキしている。緊張で喉《のど》がカラカラで、正直自分でも何をやっているんだろうと思う。

ただ、自分でも何故《なぜ》かわからないけど、この子ともっと話したい。関わりたい。そんな衝動に駆られてしまったのだ。

それに女の子と何を話せばいいのかなんてまったくわからないけど、猫の扱いだけは自信があった。

史郎はジッと段ボール箱の中で丸くなっている子猫を見つめ「にゃぁーお?」と猫の鳴き真似をした。子猫は耳をピクンと動かして史郎を見上げる。

一秒、二秒。祈るような気持ちで待っていると「なーお?」と子猫が首を傾《かし》げつつ史郎に鳴き返してくれた。

「にゃう、にゃあ」

「にゃーん」

子猫とそんなやり取りを数回交わす。するとどうやら警戒心を解いてくれたようだ。

史郎がそっと子猫の頭を撫《な》でると眼を細めて受け入れてくれた。すっかりリラックスした様子で、史郎が腕に抱き上げてもなすがままになっている。

その様子を少女は眼をぱちくりさせて見ていた。

「こ、こっちの世界の人間って猫と話せるですか⁉」

「いやそういうわけじゃないよ? ただ僕はこう、昔から猫の集会とかに参加してたから」

「……猫の集会？」

「うん。僕の実家って山奥にあるんだけど、実家で飼ってる猫がその山一帯のボス猫でさ。それで小さい頃から一緒に集会とかに参加してたらいつの間にか簡単な会話が成立するようになっちゃったというか……」

「……なんだかおかしなやつですね」

少女は苦笑いしつつ、史郎の腕の中にいる子猫にそっと手を伸ばす……が、また前足でぺしっと叩《たた》かれてしまった。

「う〜、なんでこの人間がよくてテトラはダメなんですかぁ」

「そりゃあ猫だって知らない人がいきなり触ろうとしてきたら怖がるよ。最初に『触っていい？』って聞かないと」

「聞くって……どうやるです？」

「僕の真似してみて？　にゃぁーお」

「に、にゃーお？」

「ちがうちがう。にゃぁーお」

「にゃぁーお？」

「そうそう、そんな感じ」

そうやって何度か鳴き真似をしていると、子猫が「なーお」と鳴き返してくれた。

「触ってもいいってさ」

「ほ、ほんとですか?」

少女は半信半疑な様子でおそるおそる手を伸ばす。すると今度は猫パンチされることもなく、触るのを受け入れてくれた。

「わぁ♪　すごい、ふわふわです」

パッとさっきまでしかめっ面だった表情があどけない笑顔に変わる。

背中の羽をまるで犬の尻尾《しっぽ》のようにパタパタさせて、全身から嬉《うれ》しさが溢れだしている。その様があまりにも可愛らしくて、眼が離せない。

だが少女は史郎に見つめられているのに気づくと我に返ったようにハッとして、また警戒心のこもった眼に戻ってしまった。

「な、なんですかその眼は」

「いやその、吸血鬼の人もそういうところは人間の女の子とあんまり変わらないんだなって」

「……人間なんかと一緒にするな、です」

史郎の答えが気に入らなかったのか、少女は不機嫌そうにそっぽを向いてしまった。

……そういえばテレビで『吸血鬼は異世界で人間に迫害されてこちらの世界に逃げてきた』と言っていた。さっきの発言はちょっとまずかったかもしれない。

「ごめん……」

「……ふん。それでこの子、どうしましょうか？　お前、猫の扱いに慣れてるみたいですけど飼えますか？」

「うーん、飼いたいところだけど僕の住んでるアパート、ペット禁止だからなぁ……」

「はぁ、しょうがないですね。その子、こっちによこすです」

その言葉に子猫を差し出す。子猫も抵抗することなく少女の腕の中に収まった。それが嬉しかったようで少女の表情が柔らかく緩む。

「ふふ、貴族として困窮している者を見捨てるわけにいきません。この子はテトラが飼ってあげるのです」

「ホントに？　ありがとう」

「……なんでお前が礼を言うですか？」

「それはまあ……なんとなく？」

「……変なやつですね」

くすりと少女は笑顔をこぼす。

だがすぐにまたハッとして、警戒心をむき出しにしたような眼に戻ってしまった。

「ふ、ふん。子猫を使ってテトラに取り入ろうったってそうはいかないのです」

「そんなつもりじゃないよ⁉」

「どうだか。人間なんて信用できないのです」

少女はまたそっぽを向いてしまう。

……実際今、史郎は小さな嘘《うそ》をついた。

史郎が彼女に声をかけたのは優しさとかお節介とかではない。衝動的にとはいえ、彼女とお近づきになるために子猫を利用してしまったのだ。

(こういうのってよくないよね……)

罪悪感で胸がチクリとする。これ以上罪を重ねる前に離れようと「じゃ、じゃあ僕はそろそろ帰るね」と史郎は少女に背を向ける。

……が、後ろから服を引っ張られた。振り返ると少女が史郎の服をつまんでいた。

「……猫の飼い方、教えてください」

「へ?」

「拾った以上、テトラにはこの子をしっかりお世話する義務があります。……ですが、テトラは猫を飼った経験がありません。そしてこういう時は詳しい方にアドバイスをもらうのが一番です」

そう言うと少女は姿勢を正して丁寧に頭を下げる。

「だから猫の飼い方、教えてください」

——責任感の強い子なんだなと思った。

ここまでのやり取りから彼女が人間のことをどう思っているのかは明らかだ。なのに今、こ

うやって頭を下げてお願いしている。その姿にとても好感を覚えた。

「いいよ。僕でよければ喜んで」

「ホ、ホントですか？　……後で『対価としてお前の身体を差し出せぐへへへ』とか言いませんよ？」

「言わないよ⁉　君の中の人間像どうなってるの⁉」

「ケダモノなのです。背中を見せちゃダメなのです」

「いや、ある程度は警戒するべきだけどさ。日本ってそこまで修羅の国じゃないからね？」

「どうだか。テトラは簡単には信用してあげないのです」

またぷいっとそっぽを向く。そんな少女に苦笑いしつつ、史郎はどうするかを考える。

「えっと……何はともあれ飼うなら子猫用のご飯とかトイレとかは買わないとね」

「それはどこで手に入るです？」

「確か駅前にペットショップがあったから、そこで手に入ると思うよ」

「駅前……ですか。……人間、いっぱいいますよね……」

少女は苦々しげに顔をしかめる。しかしぶんぶん頭を振ると、意を決したように大きく頷《うなず》く。

「高貴たる者、弱き者を助けるために戦わねばならない時があるのです……ノブレスオブリージュです……！」

「そこまで覚悟決めなくてもいいと思うよ？　ただまあ、けっこうごちゃごちゃしたところにあるし迷うかもしれないから案内するね」

「案内……してくれるです？　親切すぎるのです……やはり何か企《たくら》んでいるんじゃ……」

「何も企んでないから！　ただこう……僕も猫飼ってたし、君ならこの子も大切にしてくれそうだし……」

「……ふん。まあ頼んだのはこちらですし、今回は少しぐらいは信用してあげるのです」

少女はそんなことを言って……チラリと史郎の顔に視線をやった。

「……お前、名前はなんていうです？」

「え？」

「多少はお世話になるですし、名前ぐらい覚えてあげるです。光栄に思うのです」

少女は自分が敬われて当然というような態度で胸を張る。

けれどその姿はなんだか微笑ましくて、史郎はつい頬が緩むのを感じた。

「えっと、僕の名前は紅月史郎。よろしくね」

「アカツキシロー……シローですか」

何度か繰り返し、少女は頷く。そして片手でスカートをつまみ、優雅な所作で頭を下げる。

「テトラの名前はテトラ＝フォン＝ヴァルフレアです。短い間とは思いますが、よろしくお願いしますね、シロー」

――そうやって自己紹介するテトラに、史郎は何故だかとても懐かしいものを感じた。

「……な、なんですか？　人の顔をそんなじろじろ見て」

「いや、その、変なこと聞くけど……僕達って、以前に会ったことあったっけ？」

「はあ？」

史郎の言葉にテトラは顔をしかめ、元の警戒心むき出しの眼に戻ってしまう。

「知ってますよ。そういうの、ナンパってやつですよね。やっぱり人間はケダモノなのです……！」

「ご、ごめん！　いやほんとそんなつもりじゃなくて！　ただ何となくそんな気がしたっていうか……」

そうは言ったものの、それはあり得ない話だ。

吸血鬼がこちらの世界に来たのはつい一年ほど前の話だし、もちろんここ一年でテトラと顔を合わせた覚えなんてまったくない。

「バカなこと言ってないで行きますよ。ほら、早くペットショップとやらまで案内してください」

「う、うん」

そうして二人はペットショップを目指して夜の街を歩き出す。
これが人間の史郎と吸血鬼のテトラ、二人の馴《な》れ初めだった。

# 一話　家出吸血鬼と思春期男子の冒険

事の始まりはおよそ一年前。日本近海に突然大きな島が現れたところからだ。

面積にして数百平方キロメートルもの陸地が何の前触れもなく現れるという異常事態。

しかも調査してみるとその島には荘厳《そうごん》な城と城下町が広がり、背中にコウモリのような羽が生えた人々が暮らしていたのだ。

彼らは『自分達は異世界で暮らしていた吸血鬼《きゅうけつき》であり、異世界の人間からの迫害に耐えきれずこちらの世界に島ごと逃れてきた』と語った。

何せ世界初の異世界からの来訪者だ。しかも島ごと突然現れたため隠蔽することもできず、あっという間に世間に知れ渡ってしまった。

日本中がこれからどうなるのかという不安に包まれ、中には『何か企《たくら》んでいるのでは？』『何かされる前にミサイルを撃ち込んで焼き払ってしまえ』という過激な意見さえあった。

そんな声が良くも悪くも消えたのは吸血鬼の代表達が使者として日本にやってきたのがきっかけだ。

——元も子もない言い方をしてしまうと……使者としてやってきた吸血鬼達がみんな、ものすごい美形揃《ぞろ》いだったのだ。

アイドルやハリウッドスターなんて目じゃないような美男美女、美少年に美少女揃い。しかも所作の一つ一つに貴族然とした気品が溢《あふ》れ、出迎えた外交官達も思わず居住まいを正すほどだった。

そんな彼らが誠心誠意、涙ながらに自分達の窮状を訴え支援を求めたのだ。

その様子がお茶の間に流れると、ある種の吸血鬼ブームが起きた。一転して『日本にはおもてなしの文化がある』『彼らを保護すべき』という声が大きくなり、世論に押されるような形で日本は吸血鬼達と共存する道を選んだ。

それから一年、異世界から来た吸血鬼という話題もすっかり日常の一部になって、今にいたる。

史郎《しろう》は以前テレビで見たそんな話を思い出しつつ、吸血鬼の女の子――テトラを連れて人気のない夜道を歩いていた。

(僕……さっきからすごいことしてない?)

心臓がバクバク鳴り止《や》まない。

これまで女の子とまともに接する機会なんてほとんどなかったのに、ナンパも同然の形でテトラのような可愛《かわい》い……それも吸血鬼の女の子を連れて歩いている。

正直現実感がなくて、ほっぺたをつねってみたけどちゃんと痛い。間違いなく現実だ。

チラリと振り返ると、テトラは史郎の少し後ろをとてとて歩いている。

胸に抱いた子猫に指でちょっかいをかけてみたり「にゃんにゃん」と話しかけてみたり。それに子猫が反応してくれると嬉《うれ》しそうに笑っている。

（あいうところは、やっぱり普通の女の子だな……）

背中に羽が生えていたりするけれど、逆に言えばそれ以外は普通の女の子と変わらない。

……というより、所作の一つ一つが可愛いくて仕方ない。

なんとなく立ち振る舞いに気品が溢れているのだけど、節々に隠しきれない子供っぽさがあって、それが何とも可愛らしい。油断するとつい見惚《みほ》れてしまいそうになる。

今まで異性に対してそこまで興味があるわけではなかったのに、テトラのことは気になって仕方ない。近くにいるだけで、なんだか落ち着かない気持ちになってしまっている。

「そ、そういえばテトラさんはなんであんなところにいたの？」

史郎が聞くとテトラはむっとした様子で史郎を睨《にら》んだ。

「何ですか。吸血鬼が人間の街にいちゃいけませんか？」

「そうじゃなくて！　その……吸血鬼の人達ってこっちの世界に来た時の島で暮らしてるんじゃないの？」

一年前に異世界から吸血鬼達が島ごと日本近海に現れて大騒ぎになったわけだが、吸血鬼達は今もその島で暮らしている……というのが史郎の認識だった。

「……少し前から人間と吸血鬼の交流事業だとかで、一部の吸血鬼が日本で暮らすようになったんですよ。テトラもそれでこっちに来てます」

「へー、そんなことを任されるなんてテトラさんってすごいんだね。じゃあ あの裏路地にいたのも何かお仕事で？」

「………………」

「……テトラさん？」

「……今、家出中です」

「え」

眼をぱちくりさせる史郎に、テトラはばつが悪そうに視線をそらした。

「し、仕方ないじゃないですか！　テトラは本当は人間の街なんて来たくなかったのに無理矢理連れてこられたし、メル……ああ、うちに仕《つか》えてるメイドなんですけど、メルが毎日『もっと人間さんと交流しましょう』ってうるさいし、嫌だって言っても『自分の立場を考えてください』って言うし。立場がどうだろうと嫌なものは嫌なのです！」

そんな調子で不満を露《あら》わにするテトラ。だが心配そうな史郎を見ると深くため息をついた。

「……わかってますよ、自分がわがままを言ってることぐらい。この子猫の件が片付いたらちゃんと帰りますからそんな顔しないでください」

「う、うん」

「とにかく！　今はこの子のことが先決なのです！　しっかり案内お願いしますからねシロー！」

そうこうしているうちに裏路地を抜けた。

地方にあるこの街だが駅の周りはかなり開けており、夜であっても大通りは明るくて、人が多い。

「……っ」

暗い裏路地から明るい大通りに出る時、テトラはためらうように足を止めた。

「テトラさん？　どうかした？」

「……なんでもありません」

そうは言ったが、テトラはまるで史郎の背中に隠れるように距離を詰めてきた。

そんな行動を不思議に思いつつ足を進める。

——はっきり言って、テトラはかなり目立っていた。

輝くような銀色の髪で、見惚れるような美少女で、コウモリのような黒い羽を生やしている。

そんな女の子が現れたら一発で注目の的だ。

露骨にじろじろ見てくる人は流石に少ないものの、常に周りの人がチラチラと視線を送ってくる。

「見て見て、あれって吸血鬼だよね？」「わー、初めて見た」「コスプレじゃないの？」「すげー、本当に羽生えてるんだ」

すれ違う人達からひそひそとそんな囁《ささや》き声が聞こえる。

そんな周りからの視線に堪えかねたように、テトラは史郎の背中に隠れて小さくなってしまった。

「……大丈夫？」

「……問題ありません」

「その……もしかして、人間のこと怖い？」

「こ、怖くなんてねーです！　……ちょっと苦手なだけです」

……テトラが以前いた世界では吸血鬼は人間に迫害されていたと聞いている。テトラも、人間に対して苦手意識があってもおかしくない。

「ごめん。もうちょっとだけ我慢してね」

史郎はテトラとはぐれてしまわないように気をつけつつ少し足を速める。

だが、横断歩道で立ち止まった時だ。

信号が青になるのを待っていると、学生らしきチャラチャラした三人組がこちらを見て大声で話していた。

「うわあれ吸血鬼じゃね？」「やべー本物？」「ネットにあげたらバズるんじゃね？」

そんなことを言って、ニヤニヤしながらまるで取り囲むようにこちらにスマホを向けてきた。

「ひ……っ」

テトラが小さな悲鳴を上げた。見ると、テトラは怯《おび》えきったような表情で震えていた。

そして三人組は、明らかにテトラが嫌がっているのにスマホでの撮影をやめようとしない。

これには史郎も流石にムカッとして、テトラの手を取った。

「行こう、テトラさん」

「あ……」

青信号に変わると同時に、テトラの手を引いて早足で歩き出す。テトラは驚きの表情を浮かべたものの、黙ってされるがままついてきた。

そしてそのまま三人組が見えないところまで来ると、テトラが小さく声を上げる。

「あの……シロー……手……」

「あ……ご、ごめん⁉」

史郎は慌てて手を離した。怒られるかと思って身構えたけど、テトラはまるで小動物のように身体を小さくしている。その身体はわずかに震えていた。

「……テトラさん、大丈夫？」

「……はい」

「もう少しだけど、頑張れそう？」

「……はい。頑張ります」

強がる元気もないのか、テトラは小さな声で返事した。

それからしばらく二人は無言で歩いていたが、やがてテトラがポツリと呟《つぶや》いた。

「……ありがとうございました」

「え？」

「さっきの……正直、助かりました。足、すくんで……動けなくて……」

「ううん、気にしないで。えっと……今さらだけど、僕が最初声かけた時も怖かったりした？もしそうだったら悪かったなって」

「いえ、一対一ならまだ平気です。ただ……さっきみたいに何人かに囲まれるのは……昔、怖い思いをしたことがあって……」

テトラの声が小さくなる。何があったのかはわからないけど、きっとテトラにとってトラウマのようなものなのだろう。

けれどテトラは、子猫のために今もこうして頑張っている。

それを見ていると、何だか男として『この子は自分が護《まも》ってあげなきゃ』という使命感みたいなものが湧《わ》いてきて……。

「大丈夫！　何があっても僕がテトラさんのことを護るから！」

気がつけばそんなことを宣言していた。

テトラがぽかんとした顔をしている。

史郎も言ってから恥ずかしくなってきて、どんどん顔が熱くなるのを感じた。

「あ、いや、その、ぼ、僕も男だしテトラさん頑張ってるから僕がしっかりしなきゃっていうかなんていうかえっと……」

「……しまらないですね」

テトラは呆《あき》れたようにくすりと笑う。けれどすぐにハッとして、またそっぽを向いてしまった。

「ふ、ふん。そんなこと言ってテトラに取り入ろうなんて十年早いのです」

「そ、そんなつもりじゃないよ⁉」

「どうだか。さっきの奴《やつ》らのことで恩を売ったつもりでしょうけどそうはいかないのです」

「違うから！　僕は本当に、テトラさんを護ってあげたいって思って！」

「……ぐぅ」

あまりにも真《ま》っ直《す》ぐに言われて、テトラは二の句を継げなくなってしまった。

小さくため息をついて、半眼で史郎を見る。

「……なんというか、お前みたいなタイプの人間は初めてです」

「そ、そう？　ありがとう」

「……別に褒めてません」

そこからまたしばらく、無言の時間が続いた。

「…………」

テトラがチラリと史郎を見る。

「…………」

テトラは何かを考え込むように口を真一文字にして、諦《あきら》めたように深く息を吐く。

そして……そっと手を伸ばして、史郎と腕を組んできた。

突然腕を絡《から》められ、たちまち史郎の顔が赤くなる。

「テ、テテテ、テトラさん⁉」

「い、いちいち動揺しないでください！　淑女が紳士にエスコートしてもらう時はこうするものなんです！」

テトラも少し頬《ほお》を染めながら史郎を睨んだ。

「ま、まあお前は何かを企んだりできるような器用な人間じゃなさそうですし？　そこまで言うなら今だけテトラのナイトとして認めてあげるのです。テトラのこと、護らせてあげますからしっかりエスコートしてください！」

「は、はいっ！」

かくして、二人のペットショップまでの行進が始まる。

道を歩いていると、やはり周りの人々の視線を集める。だが二人に向けられる視線は、先程までの奇異なものを見る視線から少し変わっていた。

　なにせ史郎がガッチガチなのだ。

　ギクシャクした動きで手と足が一緒に出ているような有様で、可愛い女の子と腕を組んで歩くことに緊張しまくってるのが一目でわかる。

「なんでそんな変な歩き方なんですか？　歩きにくいです」

「い、いやその……だって……」

「だって……なんですか？」

「………さっきから、テトラさんの胸が当たってるの、気になって……」

「へ？」

　テトラは目を丸くした。視線を下げて自分の身体を見て、また史郎を見て……たちまち顔を真っ赤にして距離を取った。

「ケ、ケダモノ！　シローはケダモノです！　というかさっきテトラのこと護るって言ったくせになんてこと考えてんですか！」

「し、仕方ないじゃん僕だって一応男なんだし！　お、女の子の胸、押しつけられたら……やっぱり、気になるというか……」

「にゃああその言い方やめるですううう！　押しつけてませんから！　事故ですから！　というか気づいてたならもっと早く言ってくださいよ⁉」

「だ、だってテトラさんが最初にいちいち動揺するなって言うから！」

思春期真っ盛りという感じの男の子と、猫を抱えた吸血鬼の女の子。

奇妙な組み合わせなのだけどその様はなんだか微笑《ほほえ》ましくて、周りの人々の眼もどことなく生暖かいものになっている。

結局その後は、流石に腕を組むのはしなくなってテトラが史郎の服をちょんとつまむぐらいの距離感に落ち着いた。

「まったく、ひどい辱めを受けたのです」

テトラはずっとぶつぶつとお小言を続けている。

けれどその口元はほんの少し緩んでいて、どことなく楽しそうでもあった。

「……ふふっ」

「テトラさん？」

「……何でもありません。ところでシロー。退屈してきました。何か面白《おもしろ》い話してください」

「すっごい無茶振りするね……」

「レディーを楽しませるのも紳士の嗜《たしな》みです。ほら、何でもいいからテトラを楽しませるです」

そうは言われても女の子を楽しませるような話なんて持ち合わせがない。

視線をウロウロさせ、なんとか話題を絞り出す。

「そ、そういえばテトラさんってものすごく日本語うまいよね。どうやって覚えたの?」

「アニメ見て覚えたです」

「ああ、海外の人が日本語覚えるきっかけがアニメだったたってのはよく聞くね」

「そうですか」

そこで会話が途切れてしまった。

正直慣れないことをしていて心が折れそうだけど、頑張って話を繋《つな》げる。

「えーと、えーーっと……も、もしかしてそのアニメって『魔王転生。悪役令嬢の執事になりました』ってやつ?」

「……!」

テトラが何故《なぜ》かびっくりした顔で史郎を見上げた。眼をパチクリさせている。

「……シロー、『まおしつ』のこと、知ってるです?」

『まおしつ』とは人気作品『魔王転生。悪役令嬢の執事になりました』の略称だ。

テトラのちょっぴり独特な言葉遣いがそのアニメのヒロインとそっくりだったので、もしかしたらと思ったのだ。

「う、うん。妹が大ファンで原作の小説とか漫画も全部持っててさ。僕も影響されてすっかりファンに……」

「素晴らしいですよねっ!」

途端にテトラの声が弾んだ。

キラキラした顔で史郎を見上げてくる。羽がパタパタしている。

「冴《さ》えない人間だと思ってましたがなかなか見る目があるじゃないですか！　素晴らしいですよねまおしっ！　人間のことは苦手ですがああいった作品を生み出した点は大いに評価してあげるのです。ねえねえシロー、シローはどの子が好きですか？　テトラは吸血姫《きゅうけつき》のエスカリーゼさんが好きです」

苦し紛れに出した話題がまさかのクリティカルヒットだったようだ。

突然饒舌《じょうぜつ》になったテトラにドギマギしつつもせっかくのチャンスを逃してなるものかと、史郎も必死に内容を思い出す。

「えっと、僕もエスカリーゼさんは好きだな。いつも飄々《ひょうひょう》としてるのにいざという時に頼りになるところとかいいよね」

「ですよねっ！　なんだお前わかってるじゃないですか褒めてあげるのです。いいですよねエスカリーゼさん。無辜《むこ》の民を護るために日に焼かれながら戦い続けた回とか涙無しでは見れなかったのです。エンディングでぼろ泣きしてメルに心配されたのですあれこそ真のノブレスオブリージュです。テトラのお気に入りのエピソードは主人公のマオと初めて会った時の……」

テトラはそこまで早口でまくし立てるとハッと我に返ったように言葉を止めた。

嬉しそうにニコニコしている史郎に、恥ずかしそうに頬を染める。

「な、なんですかその微笑ましげな顔は！」

「あ、いや、楽しそうに話すテトラさん見てると妹のこと思い出すなーって」

「は、はあ⁉　ふざけんなです人間の妹と一緒にされるとか冗談じゃないのです！」


そうこうしているうちにペットショップに到着した。

ペットショップの店員さんも突然やってきた吸血鬼の女の子にギョッとしていたが、史郎が事情を話すと快く受け入れてくれた。

猫用のグッズが置いてあるエリアまで行くと、ずらっと並んだ猫用グッズにテトラは眼を白黒させる。

「い、いっぱいあるんですね……どれがいいんですか？」

「あー……そういえばテトラさんってお金どれくらい持ってる？　僕の今の手持ちだと一番安いのしか買えなくて……」

「ああ、それなら心配いらないのです。うちのメイドが『これを見せれば何でも買える』って言ってました」

そう言ってテトラは黒いカードを取り出す。

「おー、テトラさんクレジットカードとか持ってるんだ」

「……なんです？　このカードってすごいのです？」

「すごいかどうかはわからないけど、僕はまだ子供だからって持たせてもらえないんだよね」

「ふふん。テトラは大人ですからね。敬うのです」

テトラはえへん、とばかりに胸を張る。

多少は気を許してきてくれたのか、最初と比べるとコロコロ表情が変わるようになってきて、見ていて楽しい。

猫のご飯やペット用品を選んで、使い方を説明すると反発せず熱心に聞いてくれた。

ついでに子猫がお腹《なか》をすかせていたようなので、店員さんに了解をもらった上で買った猫用おやつをあげてみる。

「わあ……！　見てくださいシロー、食べてます食べてます！」

子猫が猫用のおやつをペロペロ舐《な》める様子にテトラは眼を輝かせていた。

史郎は「う、うん。可愛いね」と返しつつも視線はテトラの方に釘付けになっている。

眼をキラキラさせながら猫を愛《め》でるテトラはすごく可愛くて、気づけば猫ではなく完全にテトラの方に眼を奪われてしまっていた。

「ふふ、こっちの世界の動物は大人しくていいですねぇ」

「テトラさんは以前は違う世界に住んでたんだよね？　……違う世界の動物ってそんな凶暴なの？」

「んー、そうですね。可愛いのもいることはいるんですが……例えばアルミラージっていう、こっちの世界のウサギに角を生やしたみたいなのがいるんですけど。小さい頃、庭に迷い込んだ子に手を広げて『おいでー』ってしたらその角で突撃されてお腹に風穴開きました」

「さらっと言ってるけど大丈夫だったのそれ⁉」

「ふふん、人間なら危なかったでしょうが吸血鬼は強いのです。……いやまあめちゃくちゃ痛かったので家で飼う夢は諦めましたが」

「テトラさんって動物好きなんだね。……このお店、他のペットも売ってるみたいだしよかったら見ていく？　ほら、向こうにウサギさんもいるよ？」

「ふん、そんなこと言ってテトラの気を引こうなんて……ってなんですかアレ⁉　アンゴラウサギ⁉　もふもふが⁉　もふもふが動いてるのです⁉」

そうしてテトラと一緒に、ペットショップの動物達を見て回る。

……最初は取り付く島もない感じだったのに、徐々に会話が弾んでいく。どうもテトラは自分が好きな話題だと饒舌《じょうぜつ》になるタイプのようだ。

それに史郎もテトラと話すのは楽しくて、いつの間にか時間が流れて、気づけば閉店間際《まぎわ》の時間になっていた。

店を出る頃にはもう行き交う人もずいぶん減っていた。

子猫も眠くなったのか今は史郎の持つペット用の持ち運びケージの中ですやすや眠っている。

「もう遅いし家まで送っていこうか？」

「ふん、夜の吸血鬼は強いのです。テトラ達が出会ったところまでで十分です」

史郎の提案はそうして断られてしまった。人がまばらになった通りを二人で歩く。こんな時間に街を歩くのは初めてで、少しドキドキした。

「……楽しかったです」

「え？」

びっくりしてテトラを見ると、頬が少し赤かった。

「正直最初は『なんだこの人間』って思ってたけど、楽しかったです。その点は、まあ、お礼を言っておきます」

「う、うん！　僕もテトラさんと一緒にいられて、すごく楽しかった」

「……そうですか」

そっけない返事だったけど、羽がパタパタしていた。

そのままてくてく歩いて、徐々に二人が出会った場所に近づいていく。

（……どうしよう、なんか、ものすごく寂《さび》しい……）

テトラと一緒にいた時間は短いものだったが、もうすぐお別れなのだと思うとすごく寂しい。もっとテトラと一緒にいたい。もっと話したい。そんな気持ちが湧いてきてしまっている。

――と、その時だ。

ぐ～……と、テトラのお腹が派手に鳴った。

「……お腹すいてるの？」

「う、うっせーです！　こういうレディーの生理現象はスルーしやがれです！」

「ご、ごめん！　えっと、吸血鬼って人間の血が主食なんだよね？　……僕の血でもお腹膨れたりするかな？」

「はあ？」

テトラは怪訝《けげん》な視線を向ける。そして深くため息をついた。

「はあ……人間は何も知らないですね。テトラは貴族、吸血鬼の中の吸血鬼。そんなテトラに直接血を献上するのは大変名誉なことで庶民が簡単にできるものじゃないのです」

そうは言ったが、また派手にぐ～……と音が鳴った。

テトラは顔を赤くして、史郎は苦笑いする。

「うん大丈夫。恥ずかしくないよ。お腹すいたらお腹鳴っちゃうのは仕方ないよね」

「ぐう……なんか子供扱いされてる気がするのです……」

テトラはそう言うとまたため息をつく。

「仕方ありません。背に腹は代えられないというやつです。ちょっと匂《にお》いかがせるです」

「え？　匂いって……わっ⁉」

テトラは突然史郎の襟首《えりくび》を摑《つか》むと少し背伸びして、史郎の首筋に顔を近づけてスンスン匂いを嗅いできた。

突然女の子に顔を近づけられ、また胸が高鳴ってしまうのを感じる。

「まったく、庶民が気軽に言ってくれるのです。テトラは貴族なのですよ？　それを簡単に……」

ぶつぶつ言いながら史郎の匂いを嗅いでいたテトラだが、急に言葉が止まった。

顔を離すと、眼をぱちくりさせて史郎を見る。

「……テトラさん？」

「う、腕を出すです」

「……腕？」

「ま、まあシローがそこまで言うなら？　一口ぐらい味見してあげなくもないのですよ？　だ、だから早く腕を出すのです！」

「う、うん。ありがとう？」

何やら突然様子が変わったテトラに困惑しつつ、いったん荷物を置き腕まくりして腕を差し出す。

――服の上から見ると細身に見える史郎だが、差し出された腕はなかなかに筋肉質だ。

むやみに鍛えたのとは違う柔らかい筋肉。血管も太くて、皮膚の下に青い筋が走っているのが見える。

その腕をまるで宝石か何かを鑑定するかのようにまじまじ見つめ、テトラはゴクリと喉《のど》を鳴らした。

「お、お前、何か鍛えてたりしますか？」

「え？　いやそういうのは特に……ああ、ただ僕の実家って田舎で、小さいときから山とか森とか駆け回ってたから体力には自信あるかな？」

「ほ、ほほう？　ちなみに何か特別な食べ物とか、食べてたりしますか？」

「特別な食べ物は別に……ああでも、実家にいた時は毎日実家の畑で採れた野菜とか食べてたね。あと、実家の裏山が霊山って言われてるんだけどそこから引いた湧き水《みず》とか飲んでたよ？」

「な、なるほど。……ま、まあ？　悪くはなさそうですけど？　貴族であるテトラの口に合う人間なんてそうそういませんし？」

そんなことを言いながら、テトラは何故かおそるおそるといった感じで史郎の腕に顔を近づけ、かぷっと噛《か》みついた。

痛いのを覚悟していたけど驚くほど痛みは少ない。……というかテトラに腕をかぷっとされる感触に緊張してしまってそれどころじゃない。

一方のテトラは史郎の腕に噛みついた状態で固まっていた。

「……テトラさん？」

「…………」

テトラは応《こた》えない。

史郎の腕から口を離すと呆《ほう》けたようにポーッとしている。

どことなく熱っぽい、とろんとした表情。それがなんだか妙に蠱惑的《こわくてき》で、見ていてついドキドキとしてしまった。

「テ、テトラさん？　おーい」

テトラはしばらくポーッとしていたが、史郎が目の前で手をひらひらさせるとハッと我に返った。

「ま、まあ悪くないですね。合格点をあげるのです」

……口ではそんな感じのことを言っているが口元がヒクヒクしている。羽がもう千切れんばかりにパタパタしている。

「う、うん。ありがとう？」

「こ、光栄に思うのです！　テトラがこうやって評価してあげるなんてめったにないことなんですよ？　……そ、それでですね。だからその……」

テトラはちょんと史郎の服をつまんで、上目遣《うわめづか》いに見つめてくる。

「も、もっと、シローの血……飲みたいです」

不安げな表情でおねだりするテトラの姿に、また心臓が跳ねるのを感じた。

吸血鬼であるテトラにとってただの食事のはずなのに、何だかいけないことをしている気分になってしまう。

　史郎は慌てて頭を振って、あらためて腕を差し出す。

「う、うんいいよ。好きなだけ吸ってね」

「……次は首筋から吸いたいです。それに……道端だと落ち着かないですし、できればもっと、暗くて、静かで、シローの血をゆっくり味わえるところに……」

「うんわかった……でも暗くて静かで落ち着けるところか……そんなところこの辺にあったかな？」

「あそことかどうですか？　なんだかおしゃれな感じですし『休憩』とか『宿泊』って書いてるです」

「……ん？」

　史郎はテトラが指した方を見る。

　はたしてそこにはお城のような外観のホテルが建っていて、看板には『ホテル　ヴァンパイア　ご休憩５９８０円　ご宿泊８９８０円』と書いてあって……。

　田舎者の史郎だがもう十六歳。そのホテルがなんなのかは流石に知っていた。

「ふふん、人間の街にもあんなお城みたいなのがあるのですね。ちょっと安っぽいですがセンスは悪くないのです」

「テトラさん違う⁉　あそこは違う⁉」

慌てる史郎にテトラは眼をぱちくりさせる。

「何が違うです？　ホテルって宿屋のことですよね？　……ああ、お金ないの気にしてるんですね。テトラが払いますから安心してください」

「い、いやそうじゃなくて！　あれはその……普通のホテルとは違うというか……」

「？　何が違うんですか？」

「えっと……も、目的？」

「？　じゃあ何が目的で入るんですか？」

テトラはきょとんとした顔で聞いてくる。だが女の子にそんなこと、言えるわけがなかった。

「と、とにかく！　あそこは僕達が入っちゃいけないところだから！」

そう言って少し強引《ごういん》にでもホテルから離れようとするが、そんな史郎の服をテトラがぎゅっと摑《つか》んだ。

振り返るとテトラが不安そうな顔で史郎を見ている。

「やっぱり、吸血鬼に血を吸わせるなんて嫌になったですか……？　シローの血……くれないですか？」

潤んだ瞳《ひとみ》で見つめられると、悪いことはしてないはずなのに何故だかものすごい罪悪感を感じてしまう。

「い、いや違……」

「シローの……欲しいです……」

女の子にそんな顔をされたら、もう駄目だった。

結局史郎が折れて、史郎はテトラと生まれて初めてのラブホテルに足を踏み入れたのだった。

## 二話　ちゅーしてデレる吸血鬼のお姫様……♥

エントランスに入り、会計を済ませる。

どんな部屋にするかはタッチパネルで選ぶようで、画面には様々な部屋が表示されている。

「へー、いろんな部屋があるんですね。……ん？　このＳＭ部屋っていうのはなんですか？」

「テトラさん普通の部屋！　普通の部屋にしよう！　ね⁉」

史郎《しろう》が大慌てで言うと、受付の人が笑いを堪《こら》えるようにぷるぷるしていた。

鍵《かぎ》をもらうと脇目《わきめ》も振らずエレベーターに乗り込んだ。

「ふふ、こういうの初めてでなんでちょっとドキドキしてます」

「そ、そりゃあ、僕もドキドキしてるけど……」

ただテトラがレジャー施設のような感じで楽しんでいるのに対して、史郎のドキドキは全然違うもので。

というかこうやって、エレベーターのような狭い個室の中でテトラのような可愛《かわい》い女の子と一緒にいるだけで緊張してしまうわけで……。

チラリと見ると、ちょうどこちらを見ていたテトラと目が合ってしまい、慌てて視線をそらす。

（ど、どうしよう……）

　そんなことを考えているうちに目的の階に着き、扉が開いた。

　扉の先にはエレベーター待ちをしていたらしい中年の男性と、いかにも愛人といった風情の妖艶《ようえん》な女性が立っていた。

　女性はエレベーターに乗っていた史郎とテトラを見て一瞬眼を見開いた後、史郎がガッチガチなことに気づいて微笑《ほほえ》ましそうに眼を細める。

　史郎はもうそれだけで恥ずかしくてたまらなくて、テトラの手を引いて逃げるように部屋に向かった。


　……生まれて初めて入ったラブホテルの部屋は、思いのほか普通の部屋だった。

　落ち着いた雰囲気で、調度品には高級感が溢《あふ》れている。

「ほほう、庶民の宿と思って正直侮っていましたが、悪くないですね」

「そ、そうだね」

　史郎はとりあえず頷《うなず》いて同意する。

　……ただ、ここはラブホテルである。

　本来なら男女がそういうことをするための場所で、そんな場所に自分は可愛い女の子と二人で来ているわけで。

……そう思うと正直ちょっと、思春期男子としてはいけない気分になってきたりもするわけで……。

（いやいや⁉　何考えて……⁉）

頭をブンブン振って邪念を振り払う。

そんな史郎の様子には気づかず、テトラはキョロキョロ部屋の中を物色していた。

「ん？　シロー、これなんですか？　なんか『ご自由にお使いください』ってメモが添えられてましたけど」

「……うわあああああああ⁉」

史郎はテトラが引き出しから取り出した十手のような形のナニかを引ったくり、引き出しに戻した。

……史郎がどうしてそれについて知っていたかについては、史郎も男の子なのだ。その辺察してほしい。

「シロー？」

「い、いや、あの、その……あ、あれはちょっと危ないものだから」

「……ふうん？」

キョトンとした顔のテトラを見ていると、自分がものすごく汚れているような気がして微妙に落ち込んだ。

史郎がそうしている間にもテトラは部屋の物色を再開し、ベッドにぽふんと飛び込んで枕《まくら》に顔を埋《うず》めた。

「ん……ふふ、ベッドや枕の具合はなかなかですね」

そのまま足をパタパタさせ始めたのでスカートの中が見えそうになり、思わず顔を背《そむ》けてしまう。

テトラはそんな史郎に気づいた様子もなく、枕元《まくらもと》に置いてあった小さなボトルに手をのばした。

「これは何ですかね？」

そう言って不思議そうに首を傾《かし》げながらキャップを開けると、すんすん匂《にお》いを嗅いでみる。

無臭なのを確認すると今度はその中身を自分の手のひらの上に垂らし始めた。トロッとした透明な粘液が出てくるのを見て、史郎は慌てて止めに入る。

「ちょちょちょちょっと待ってテトラさん待って⁉」

「どうしたですかそんなに慌てて？　ふふん、これは知ってますよ。スキンケアに使うやつですよね？　こんなものまで置いてあるなんてなかなかいいサービスなのです」

そう言ってテトラはトロッとした粘液を手に塗り込んでいく。

テトラの白くて綺麗《きれい》な手が、テラテラとした粘液にまみれていく光景はちょっと、思春期真っ盛りの男子には刺激が強かった。

「むう、これちょっとぬるぬるしすぎなのです……ん？　シロ—どうしたのです？　急にそんなところにしゃがみ込んで」

「い、いやその……吸血！　ここには僕の血を吸うために来たんだよね⁉　テトラさんもお腹《なか》すいてるでしょ早くしよ⁉」

「ふふん、自分からそう言い出すなんて殊勝な心がけなのです。……じゃあ、するからシャワーを浴びてきてください」

「シャワー⁉」

「？　なんでそこで驚くです？　口をつけるものなんだから綺麗にしてほしいのは当然でしょう？」

「あ、う、うん。そうだね……」

なんだかこの短時間でものすごく汚れてしまったような気持ちになりつつ、史郎は浴室に向かった。


（どうしてこうなったんだろう……）

シャワーを浴びながらそんなことを考える。

ほんの数時間前まで、ゴールデンウィークなのに何もないことを嘆いていた。

それが吸血のためとはいえ、テトラのような可愛い女の子にラブホテルに連れ込まれることになるとは夢にも思わなかった。

しかもこのあと、史郎はテトラから吸血されるのである。

ちょっぴり怖いのもあるけれど、それ以上にテトラから直接血を吸われるというのはどうしてもドキドキしてしまって……。

「シロー、まだですかー？　もう待ちくたびれたですよー？」

「は、はーい」

浴室の外から聞こえてきたテトラの声に返事する。テトラの声色はあくまでも普通で、そういうことを意識している気配はない。

（こ、これはテトラさんにとってただの食事だから！　そういうのじゃないから！）

頭をぶんぶん振って邪念を振り払い、シャワーを切り上げ浴室を出た。

「遅いです」

脱衣所にあったバスローブを着てベッドルームに戻ると、テトラはベッドに腰掛けて待っていた。待ちくたびれたのかちょっぴり不機嫌そうにぷうっと頰《ほお》を膨らませている。

薄暗い部屋でベッドに腰掛けるテトラの姿はどこか背徳的な香りがして、思わず生唾を飲み込《こ》んだ。

あらためて見ても、すごく可愛くて綺麗な女の子だと思う。

身体の方も、小柄で華奢《きゃしゃ》なのだけど胸元《むなもと》のボリューム感はなかなかのもので……。

「なんです？　そんなとこに突っ立って」

「ご、ごめん」

「ふん。ここ、座るです」

そう言われておっかなびっくりテトラの隣に腰を下ろす。するとテトラは立ち上がって史郎の正面に回り、しなだれかかるように首に腕を回してきた。

「〜〜〜〜っっ⁉」

「ふふ、お預けされた分、たっぷり堪能させてもらいますからね？」

テトラの吐いた息が当たるほどの距離。ペロリと舌舐《な》めずりする姿はどこか蠱惑的《こわくてき》で、女の子のいい匂いがする。心臓がバクバクと高鳴ってしまっている。

「緊張してますか？」

「そ、そりゃあ……うん……」

「大丈夫ですよ。痛くないように、優しくしてあげますから」

そう言うとテトラはそっと史郎の首筋に顔を近づける。

ほっぺた同士が触れ合う。首筋の肌の薄い部分にテトラの吐息が当たってゾクゾクする。

「力みすぎです。力、抜いてください」

「そ、そんなこと言われても……ふひゃあっ⁉」

テトラが首筋をペロリと舐めてきて、思わず変な声を上げてしまった。

「な、な、何やってるの⁉」

「吸血鬼《きゅうけつき》の唾液には麻酔みたいな効果があるんです。いいから全部テトラに任せて、大人しくしててください」

テトラはぬめった舌先で、チロチロと首筋の弱い部分を撫《な》でてくる。

その感覚はむず痒《がゆ》くて、恥ずかしくて、だけど妙に気持ちいい。

しかもその行為に集中しているのか、いつの間にかテトラの腕に力がこもり、史郎を抱きしめるような体勢になっていた。

「〜〜っ、〜〜っ！」

史郎は声にならない悲鳴を上げた。こんなの、思春期真っ盛りの男子高校生には刺激的すぎる。

だが身じろぎすると「動かないでください」と不機嫌そうに言ってくるので、もう変な声が出ないように歯を食いしばることしかできなくなってしまった。

そうしている間にも、テトラの首筋への愛撫《あいぶ》は続く。

ぬるりとした温かい舌の感触。ぴちゃ、ぴちゃと耳元で聞こえる湿った音に、理性がどんどん削られていく。

「〜〜〜っっっ」

気持ちよさとくすぐったさが混じったような感覚。

しかも抱きしめてくるテトラの身体が柔らかくて、いい匂いで、もうどうにかなってしまいそうだった。

だがしばらくそうしていると、なんだか頭がぼんやりしてきた。

テトラに舐められているところから痺《しび》れるような感覚が広がっていく。

「ふふ、気持ちいいでしょう？　そのまま力、抜いててくださいね？」

史郎の身体が弛緩《しかん》しきったところで、テトラは首筋にかぷっと噛《か》みついた。

「あ……」

テトラの歯が皮膚に押し当てられて、スルリと中に入る感覚があった。痛みはほとんど感じない。

そして……テトラに噛まれた場所からじわじわと快感が広がってきた。

（な、なにこれ……？）

テトラはちゅうちゅうと血を吸い始める。

頭がぼんやりして、気持ちいい。

一方のテトラも、史郎の首筋に顔を埋めて血を吸うのに夢中になっていた。

「ん……ふあ……なんですかこれ……こんなのはじめてです……」

耳元で聞こえるテトラの声は、何だか蕩《とろ》けたように甘かった。

（……可愛い）

ぼんやりとした思考でそんなことを考える。

自分に抱きついて一生懸命血を吸っているテトラの姿が、何だかすごく可愛い。

手を上げて、ついふわふわとその頭を撫でてしまった。

「ん……しろー？」

「あ……、ご、ごめん⁉」

名前を呼ばれてハッと我に返った。慌てて手を離す。しかし予想に反してテトラの声は柔らかかった。

「それ、きもちいーです……。あたま、もっとなでてください」

「……へ？」

予想外の反応に史郎は眼をぱちくりさせた。

一方のテトラは気にした様子もなく吸血を再開する。

「えっと、おいしい？」

「ん、えへへ……おいしーです……」

感想を聞くと嬉《うれ》しそうに答えてくれた。羽がパタパタしてて可愛い。

少し前までのツンツンした印象とは打って変わった、トロトロに蕩けたような甘え声。

そんな甘え声を耳元で囁《ささや》かれてさらに心臓を早くしながらも、言われた通りテトラの頭を撫で続ける。

綺麗な髪をくしゃくしゃにしてしまわないように丁寧に。

さらさらした髪の感触が心地いい。

「えへーー♪」

史郎の撫で撫でが気に入ったのか、テトラは気持ちよさそうな声を漏《も》らすと甘えるように史郎のほっぺたにすりすりと頬ずりしてくる。

テトラのほっぺたはもちもちで、すべすべで、そんな仕草が可愛くて。

(何この可愛い生き物⁉)

……正直、夢のような時間だった。

少し前までツンツンしていたテトラが、こうやって甘えてくれている。思春期男子としてこれほどの幸福はそうないだろう。

ただ同時に——思春期男子として、ちょっとまずいことになり始めていた。

耳元で聞こえるテトラの呼吸音。首筋に吸い付かれ血を吸われる快感。

それにコク、コク、とテトラが血を嚥下《えんか》するたび、自分の血がテトラのお腹に入っているんだと意識してしまって、言い様のない背徳感に頭がクラクラする。

極めつけに、テトラがぎゅーっと抱きしめてくるのだ。否《いや》が応でも胸が押しつけられ、その柔らかさを感じてしまう。

史郎も健全な男子高校生。この状況は流石にちょっと、いろいろな意味でまずいのである。

「テ、テトラさん？　そ、その……もうそろそろ……」

「………………」

テトラは答えない。夢中で史郎の血を吸い続けている。

「テトラさん？　テトラさーん？」

「ふあ……？」

大きめの声をかけられてようやくテトラは顔を離す。……その表情を見て、また心臓が跳ねるのを感じた。

テトラの表情が、もう完全に蕩けきっていたのだ。

会ったばかりの時は周りの全《すべ》てを警戒する野良猫みたいだったのに、今はとろとろに力が抜けきっていて、潤んだ瞳《ひとみ》で史郎を見つめている。

「やぁ……です。もっとしろーの、ちょうだいです……」

理性がゴリゴリ削られていくのを感じる。だが、なんとか堪えきった。

「い、良い子だからもうおしまい！　ね？」

「ぶー……」

テトラは不満そうだったが、素直に離れてくれた。そのまま史郎の隣にポフン、と身体を下ろす。

ほっとしたのもつかの間、テトラは史郎の肩にすり、と頭をこすりつけてくる。まるで恋人のような距離感に胸が高鳴ってしまうのを感じた。

「どうしたですかしろー？　そんなにかたくなって」

「い、いやその……吸血鬼の人って血を飲んだらみんなそんな風に酔っ払っちゃうの？」

「なにいってるです？　べつにテトラは酔っぱらってなんていませんにゃ〜♡」

そう言って笑顔で猫のポーズをするテトラ。完全にできあがっている。

「む〜、そんなことよりもです。ねえ、しろー？」

そこまで言って、急にテトラの声のトーンが落ちた。

「テトラは、ご迷惑じゃありませんでしたか？」

「え？」

突然沈んだ声に、史郎は困惑気味にテトラの方を見た。こちらを見上げるテトラの瞳は潤んでいて、不安そうに史郎を見ている。

「テトラは、いじっぱりで、すなおじゃないです。今日だって、しろーにたくさん失礼なことをいってしまいました。……ほんとは、いやだったんじゃないですか？　ご迷惑じゃ、ありませんでした？」

「そ、そんなことないから！」

史郎は強く否定した。思いのほか強い否定に、テトラは眼をぱちくりさせている。

「その……僕って田舎の出身でさ、キラキラした青春に憧《あこが》れてこの街に来たんだ。だけど全然で、青春らしいことなんてなくて……でも、テトラさんと一緒にいた時間はキラキラしてた。うまく言えないけど、すっごく楽しかった。だから迷惑とか、そんな寂《さび》しいこと言わないでほしい」

不器用ながらも一生懸命話す史郎の言葉を、テトラは最後まで聞いていた。

そして聞き終わると、ふにゃりと嬉しそうに笑顔を浮かべる。

「ふふ……えへ、えへへ……♪　うれしいです。ねえねえしろー？　テトラはね？　ほんとは、すごーくかんしゃしてるんですよ？」

「感謝？」

「はい♪　テトラがおびえてたときにしろーが護《まも》るって言ってくれたの、ほんとはとっても頼もしかったです。それにあんな風にアニメとかどーぶつのお話するのもたのしくて、おともだちができたみたいでうれしかったです」

そう言って、テトラは花が咲くような笑顔を浮かべた。

「だから……ありがとうございました、しろー♡」

――反則だと思った。

テトラのような可愛い女の子に間近でそんな笑顔を見せられたら、男子高校生がドキドキしないはずがない。

胸がキューッとして、心臓が高鳴り続けて苦しい。なのに幸せで、ずっとこうしていたいなんて思ってしまう不思議な感覚。

そんな史郎に、テトラはさらなる追い打ちをかけてきた、

「えへへ、ぎゅ～♡」

「ちょっ⁉」

テトラが腕に抱きついてきたのだ。

柔らかい二つの感触が、今度は二の腕を挟むようにして押しつけられる。腕に感じる柔らかさと温かさに史郎は声にならない悲鳴を上げた。

「ん……どうかしましたか？　しろー？」

「い、いや、あの、テトラさん。あ、当たってるん、だけど……」

「あたってる？」

テトラはきょとんとした顔で自分の胸元を見る。

そして史郎の腕に押しつけられた自分の胸と、真っ赤になっている史郎の顔を見比べて……

にまーっと悪戯《いたずら》っ子のような笑みを浮かべた。

「あたってるって、なにがですか？」

「だ、だからその……テトラさんの、む……胸が……」

「どうしておっぱいあたってちゃだめなんですか？」

「そ、それは……は、恥ずかしくて……！」

「でも、男のひとは女の子にこうやっておっぱいあてててもらったらうれしいんでしょう？」

「そんな嬉し……くないわけじゃないけどぉっ！」

史郎の反応にテトラは可笑《おか》しそうにケラケラ笑っている。

「ねえしろー？　……ちょっとぐらいならさわっても、いいですよ？」

「さ、さわっ……⁉」

「ほら、どーぞです。テトラのここ、とってもやわらかいですよ？」

「さ、ささ、触らないよ！　そ、そういうのは良くなくてね⁉」

「でもしろー、さっきからずっとテトラのおっぱいチラチラ見てるです……」

「そ、それは……ごめんなさいっ！」

テトラはくすくす悪戯っぽく笑うと、史郎の耳元に唇を寄せた。

「しろーの、えっち」

耳をくすぐるように囁かれた言葉に、史郎はもう耳まで真っ赤になってしまった。

……だがそこで、急にかくんとテトラから力が抜けた。

「……テトラさん？」

見ると、テトラはまるで電池でも切れたかのようにすやすやと安らかな寝息を立てている。……正直ホッとした。あれ以上はちょっと……ヤバかった。

テトラの腕をほどいてベッドに寝かせる。よほど深い眠りに落ちているのか、まったく目覚める気配がなかった。

何はともあれこれで一段落……と、思っていたのだが。

「んう……」

「⁉」

テトラが寝返りを打って、スカートがめくれ上がってしまったのだ。すべすべの太ももが露《あら》わになってしまっている。もう少し動いたら見えちゃいけない部分まで見えてしまいそうだ。

思わずゴクリと生唾を飲む。

（…………いやダメでしょ⁉）

頭の中で自分の顔をぶん殴った。

だがすやすやと気持ちよさそうに眠るテトラは、あまりにも無防備で、可愛くて……。

史郎はそっとテトラに布団《ふとん》を被《かぶ》せる。そしてベッド脇《わき》で体育座りになって、悶々《もんもん》としながらテトラが起きるのを待つのだった。

# 三話　お友達

史郎《しろう》はベッド脇《わき》に体育座りしたまま、テトラが起きるのを待っていた。……とはいえそれもなかなかの苦行だった。

すぅ、すぅ、というテトラの寝息を聞いているだけでドキドキしてしまうし、あどけない寝顔を見ると胸がキューーッとしてしまう。

気を紛らわせようとテレビを点《つ》けてみると、いきなりアダルトな番組が始まって慌てて消した。

史郎はあらためて時計を見る。

もうかなり遅い時間だ。流石に女の子とこのままラブホテルで一泊するというのはまずいのではないだろうか？

テトラがあまりに気持ちよさそうに寝ていたので起こすのをためらっていたが、いいかげん起こした方がいいだろう。

「テトラさん、そろそろ起きよう？」

「………」

声をかけるが、反応はない。

「テトラさん、テトラさーん」

女の子に触れることに少しためらいはあったが、肩を摑《つか》んで軽く揺すってみる。

するとテトラは寝苦しそうに顔をしかめて……史郎の腕を摑んだ。そしてそのままぐいと腕を引っ張る。

「へ？」

不意を突かれて史郎はあっけなくバランスを崩してしまった。そのまま布団《ふとん》の中に引きずり込まれてしまう。

（いや、ちょ……力強っ⁉）

抵抗しようとしたがびくともしない。そしてそんな史郎を、テトラは自分の胸にぎゅっと抱きしめてきた。

「むぐっ⁉」

「ん……えへへ……♡」

いい夢を見ているのか、テトラは嬉《うれ》しそうにすりすりと史郎の頭に頰《ほお》ずりする。

「ぷはっ。あ、あの、テトラさ、ちょっ」

「……ん～♪」

テトラは幸せそうな笑顔を浮かべると、史郎をさらに強くぎゅ～っとしてくる。

テトラの柔らかいものがいろいろと当たってしまっていて、いい匂《にお》いで、「すう……すう……」という安らかな寝息すら刺激的で。

　逃げ出したいのに、完全に身体をホールドされてしまっていてそれもできない。それどころか史郎が暴《あば》れると「ん～……」と不満そうな声を上げてますます抱きしめる腕に力がこもる。史郎はもういろいろと限界寸前だった。

「テ、テトラさん！　テトラさーん！」

　たまらず大きな声を上げた。するとテトラは不満そうな声を上げてゆっくりと眼を開ける。

「も～……なんですかぁ。せっかく気持ち良く寝てたの……に……？」

　テトラは眠たそうに眼をこすりながら自分の胸に顔を埋《うず》めている史郎を見る。視線が合うと、テトラの眼がパチリと開いた。

「テ、テトラさんおはよう」

「きゃあああああああ⁉」

「ごふうっ⁉」

　テトラは悲鳴を上げて、思い切り史郎を蹴《け》り飛ばした。史郎は情けない悲鳴をあげてベッドから転げ落ちる。

「な、な、なんで人間がテトラのベッドにいやがります⁉　暴漢ですか侵入者ですか⁉　メルー！　助けてー！　……ってあれ？　ここ、テトラの寝室じゃないです？」

　テトラはしばらく周りをキョロキョロして、何があったか思い出したのか「あ」と小さく声を上げた。そしておそるおそる、先ほどベッドから蹴り落とした史郎を見下ろす。

「シ、シロー？　生きてるですかー？」

「な、なんとか……」

起き上がってベッドに這《は》い上がると、テトラはホッと息を吐いた。

「いつの間にか寝ちゃってたんですね」

テトラは可愛《かわい》らしくあくびしながらそう言った。だがハッとすると、自分の肩を抱いて史郎を睨《にら》む。

「お、お前なんでテトラといっしょに寝てたですか⁉　ま、まさか寝てるテトラにいやらしいことを……」

「ち、違うよ！　テトラさんが僕を引っ張り込んで……！」

史郎はそこから必死に事情を説明した。


「むう……まあ確かにお前にそんな度胸があるとも思えませんし、信じてやるです」

幸いというか、テトラはけっこうあっさりと信じてくれた。……理由が『史郎にそんな度胸があるとは思えない』というのが男心としてはちょっぴり複雑ではあるけれど。

一方のテトラはなんだか機嫌が良さそうで、羽も嬉しそうにパタパタしている。

「ふふ、ちょっと記憶が曖昧《あいまい》ですがものすごく美味《おい》しくて幸せだったのは覚えてるのです。シローは胸を張るといいですよ？　お前はテトラも認める『とびきり血が美味しい人間』なのです」

「あ、ありがとう？」

「もー、反応薄いですね。テトラが褒めてあげてるんだからもっと光栄に思うです。吸血鬼《きゅうけつき》にとって血が美味しい人間は宝石や黄金以上の価値があるのですよ？」

「そうは言われても自分の血の味なんてよくわかんないしなあ」

「むう。まあいいです。……ん～、久しぶりに美味しい血をお腹《なか》いっぱい飲んだせいか身体の調子がいいですね」

テトラは機嫌良さそうに言うと、両腕を上げてぐっと伸びをする。

身体を反らせた時に胸の膨らみが強調されて、史郎は咄嗟《とっさ》に眼をそらせた。

「そうですシロー。なにかテトラに望むものはありますか？」

「へ？」

眼をぱちくりさせる史郎に、テトラは「ふふん」と腕組みして胸を張る。

「あれだけ美味しい血をもらった以上は貴族としてお返ししないわけにいかないのです。『価値あるものには相応の対価を』。ヴァルフレア家の家訓なのです」

「はあ……」

「もー、だから反応薄いのです。いいから願いを言うのです。テトラにできることなら何でも叶《かな》えてあげますから」

「何でも……」

「……はっ⁉　な、何でもとは言いましたがエッチなことはダメですからね⁉」

「い、言わないよ⁉」

「ああ⁉　今ちょっと動揺したのです！　絶対チラッと考えやがったのです！　シローのバカ！　ケダモノ！」

「ごめんなさい⁉」

そんなこんなで賑《にぎ》やかにやり取りしていると、うるさくて眼が覚めたのか、かごの中で子猫がにゃーにゃー鳴き始めた。

「ん？　どうしたですか？」

「『自分にも構え』だってさ。僕達が話してるのを遊んでるんだと思ったみたいだね」

「……ナチュラルに猫語を通訳するなです……」

テトラは苦笑いしつつも子猫をかごから出して頭を撫《な》でてやる。すると子猫は眼を細めてテトラに撫でられるのを堪能していた。

「ふふ、可愛いですね」

「もうすっかり慣れてくれたみたいだね。……そういえばこの子、名前はどうしようか？」

「名前ですか？」

「うん。これから飼うなら決めとかないと」

「んー、それじゃシロー、お前が決めていいですよ。なんだかんだお世話になりましたし、この子の名付け親にしてあげるのです」

「え、あ、うーん。それじゃ、クロとか？」

「黒猫だからクロですか。ひねりがないですねぇ……いや、シローとクロ……ふふ、これはこれでいいかもですね」

テトラはくすくす笑うと、子猫あらためクロに笑いかける。

「それじゃあクロ、今日からお前はクロですよー？」

テトラがそう話しかけるとクロはどことなく嬉しそうに「にゃー」と鳴き返した。


その後も二人は他愛のない話を続けた。

異世界のこととか、史郎の実家のこととか。

女の子が喜ぶ話なんて持ち合わせがない史郎だが、テトラにとってはこの世界のことは何でも珍しいみたいで、どんな話も興味を持って聞いてくれた。

（……なんか今、幸せだ……）

二人で話すのは楽しくて、時間がどんどん過ぎていく。

ちょっと奇妙な出会いではあったけれど、それはまさに史郎が求めていたキラキラした青春だった。

だが、そうやっていつまでも話し込んでいるわけにもいかない。

日付が変わる前にホテルを出て、二人が出会った場所まで送っていく。本当は家まで送っていってあげたかったけど、そこはやんわりと断られた。

「それじゃあテトラはここで。……まあ、なんだかんだお世話になりました」

「僕も、楽しかった」

史郎の言葉に、テトラは口をもごもごさせた。何か言いたげに、史郎にチラチラと視線を送っている。

「テトラさん？」

「……別に、何でもありません。それじゃ、縁があったらまた会いましょうね」

史郎はそこで言葉を詰まらせた。テトラの言うとおり、このまま別れたらそれこそ縁がないともう会えないのだ。

そこに思い至って、史郎は衝動的にテトラの手を摑んだ。

「あ、あのさ！」

「……なんですか？」

「いや……えっと、ぼ、僕この街に来てまだ日が浅くて、知り合いもあまりいなくて、テトラさんと一緒にいるの楽しくて……だから、その……」

そこまで言って、史郎は深々と頭を下げた。

「ぼ、僕とお友達になってください!!」

史郎がそう言うのを聞いて、まるでその言葉を待っていたかのようにテトラの表情がパッと輝いた。

だが史郎がおそるおそる顔を上げてテトラを見ると、すぐに不機嫌な振りをして、ぷいっとそっぽを向いてしまう。

「えっと、テトラさん？」

「ふ、ふん。人間がテトラとお友達になりたいなんて身の程知らずにもほどがあるのです」

「そっか……ごめんね変なこと言って……」

「あ⁉　こ、こら！　話は最後まで聞くです⁉」

テトラは慌ててそう言うと「コホン」と咳払《せきばら》いした。

「とはいえ、です。テトラは、血をいただいたお礼に史郎のお願いを叶えてあげると言いました。ここで断るのはヴァルフレア家としての沽券《こけん》に関《かか》わります」

そう言って、テトラは顔を赤らめつつビシッと史郎を指さす。

「仕方ないのでお前をテトラのお友達にしてあげるのです！　血をいただいたお礼ということで仕方なくなんですからね⁉　光栄に思うのです！」

「うん！　ありがとう！」

満面の笑顔で嬉しそうにお礼を言う史郎に、テトラは「なんか調子くるうですねこいつ……」と不満そうにブツブツ言っていた。

けれどテトラの背中の羽は嬉しそうにパタパタしていて、史郎と友達になれたのが嬉しいのを隠しきれていなくて、史郎はそんなテトラのことがなんだかもう可愛くて仕方なかった。

「そ、それじゃあよかったら、今度また一緒に遊ばない？　なるべく僕がテトラさんの予定に合わせるから」

「ふ、ふん！　シローがそこまで言うなら仕方ありませんね。……じゃあ……その……」

テトラは指をもじもじさせ、様子をうかがうような上目遣《うわめづか》いで史郎を見る。

「……また明日も、シローと遊びたいなー……なんて……」

「え？　明日も？」

また遊ぼうと言ったのは史郎だが、まさかテトラから『明日も遊びたい』なんて言ってくるとは思わなくて思わず聞き返してしまった。

その反応にテトラは顔を真っ赤にしてしまう。

「な、なし！　今のなしです！　なかったことにします！」

「あ⁉　いやごめん大丈夫！　大丈夫だから！　わーいテトラさんと明日も遊べるの楽しみだなー？」

「白々しいのですお前はも〜！　も〜〜っ！」

そうして明日も遊ぶ約束をして、テトラは踵《きびす》を返して史郎に背を向ける。

去り際に小さな小さな声で「お友達とこういうの、久しぶりなのです」と呟《つぶや》くのが聞こえた。

もう背中を向けて歩き出したので表情は見えないけれど、背中の羽がパタパタしている。

「またね」と声をかけて手を振ると、テトラは振り返って、気恥ずかしそうにしながらも手を振り返してくれた。そんな小さなことが嬉しくてたまらなかった。

†

「はあ……酷《ひど》い目にあったです……」

屋敷に戻ったテトラは、世話役のメイドにこってりと絞られた。

数時間にわたるお説教のすえ、ふらふらしながら自室に戻ってベッドに倒れ込む。

もうすぐ朝日が昇る頃で、吸血鬼は寝る時間だ。……なのにちっとも眠くない。

（シローの血を吸った後、熟睡しちゃいましたからね）

思い返すと、身体が熱くなるのを感じる。

史郎の血はすごく美味しくて、美味しいだけじゃなく頭がふわふわして、幸せで気持ち良くて、たまらなかった。

（あんな気持ちいいの……初めてでした）

自分の人差し指をかぷっと甘噛《が》みして、史郎の血を吸った時のことを思い出す。

史郎の血が口の中に広がり、胃に滑り落ちていく感覚を頭の中で何度も反芻《はんすう》する。

「ん……」

そうしているだけでまた身体が火照《ほて》ってくる。

何だかぼーっとして、身体が敏感になっている気がする。指を甘噛みする感触が気持ち良くて、そのまま身体を丸めて、史郎のことを思い出しながら何度も何度も……。

「……って、テトラは何してるんですかーっ⁉」

自分がかなり変態チックなことをしていることに気づいて、テトラはたまらず声を上げた。

恥ずかしすぎて、枕《まくら》に顔を埋めてボフンボフンと叩《たた》いている。

テトラのそんな姿を遊んでいると思ったのか、クロがベッドの上に飛び乗って「にゃー？」と声を上げた。

不思議そうに首を傾《かし》げているクロの頭を撫でてやると、クロは気持ちよさそうに眼を閉じてテトラの手に頭を擦《す》り付《つ》けてくる。

最初は手を近づけるのも許してくれなかったのに、史郎が取りなしたらあっという間に懐いてくれた。

(なんというか、変なやつでしたね。シローって)

猫と話せたりするのもそうだが、テトラにとっても史郎は不思議な人間だった。

基本的にテトラは人間のことが苦手で、近くに人間がいると緊張してしまうし、警戒してしまう。

なのに史郎と話していると、何故《なぜ》かそういう苦手意識が湧《わ》かないのだ。むしろなんだか、まるで昔からの友達と遊んでいるような心地よさまで感じてしまって……。

(な、なに考えてるですか。人間の、それも会ったばかりの相手に……ち、違いますから！　血をもらったお礼に仕方なくお友達になってあげただけですから！)

テトラは何だかたまらなくなって、そのまま布団にもぐり込んだ。

# 四話　吸血鬼と夜遊び

次の日の夜、史郎《しろう》は大きなリュックサックを背負って待ち合わせ場所に到着した。

時計を見ると待ち合わせ時間ちょうど。

普段なら待ち合わせの三十分前には着いている史郎なのだが、今日はあることを思いついていろいろと準備をしていたためギリギリになってしまった。

キョロキョロ周りを見回すがテトラの姿はない。

もしかしたら気が変わってしまったのかとちょっぴり不安になっていると「シロー？」と小さな声で呼びかけられた。

声の方を見るとテトラが近くの公園の、穴の開いたドーム状の遊具から顔を出している。どうやら人目につかないように隠れていたようだ。

「テトラさん、こんばんは」

「こんばんはです。……むう、お前はもっと早く来るです。一人で待ってるの、けっこう不安だったんですよ？」

「ごめん！　ちょっといろいろ準備してて……」

その言葉に、テトラは史郎の背中にあるリュックサックに眼をやる。

「そのリュックはなんですか？　遊びに行くにしてはやけに大荷物ですが……」

「ああ、うん。僕もいろいろ考えてね」

史郎はそう言いながら背中のリュックを下ろし、中からフード付きのパーカーとズボンを取り出した。

「さっそくだけど、この服に着替えてくれないかな」

どう見ても史郎の私服にしか見えない服にテトラは眼をぱちくりさせる。そしてドン引きしたように身を引いた。

「な、なんですかお前。まさか女の子に自分の服を着せて喜ぶ変態さんだったですか？」

「違うから⁉　ただその……テトラさん、人に見られるの苦手だよね？　その格好はやっぱり目立つというか……」

なにせテトラはすれ違った十人が十人振り返るような銀髪美少女だ。しかも背中には吸血鬼《きゅうけつき》の羽が生えている。街中では目立つことこの上ない。

そんなわけで、史郎は家から目立たなさそうな服を持ってきたのだ。

そのことを説明すると、テトラは半信半疑という感じの眼でジトッと史郎を見る。

「ホントですか？　そんなこと言って本当は、女の子に自分の服を着せたいっていう願望があるんじゃないですか？」

「だからそういう目的じゃないから！　僕はただテトラさんと楽しく遊べたらなって！」

「……はあ。仕方ありません。その服、よこすです」

テトラは史郎から服を受け取る。

「このドームの中で着替えますから、誰《だれ》か来ないか見張っててください」

「う、うん」

「覗《のぞ》いたら怒りますからね」

「そんなことしないから！」

史郎が遊具に背を向けて少しすると、シュル、シュル、と衣擦《きぬず》れの音が聞こえ始める。

その音が、妙に艶《つや》めかしい。

「……～～～っ！」

史郎も思春期真っ盛りの男子高校生だ。ほんの数メートルのところでテトラが着替えていると思うと、どうしてもテトラが着替える光景を思い浮かべてしまう。

しかも、先程はああ言ったがテトラの身体を包むのは自分の服なのである。それをまったく意識しないというのは無理な相談だった。

「シロー？」

「ごめんなさい⁉」

ドームの中から声をかけられて思わず謝ってしまった。

「なんで謝るです？」

「あ、いや、何でもないです……」

「？　まあいいです。それよりこれどうやって着るですか？」

「あ、えっと、背中の部分に羽を出す穴を開けてるからそこに羽を通して。それでリュックにも穴を開けてるからそこに羽を隠す感じで……」

「ふむふむ……ズボンはどうするですか？　これじゃずれ落ちちゃうです」

「えーっと、ベルトも一緒に入れてあるからそれで……」

そうしてしばらくするとフード付きのパーカーにズボン姿のテトラが出てきた。

フードを目深に被《かぶ》り、背中の羽はリュックサックで隠している。これなら吸血鬼であることはそうそうバレないだろう。

「むう……なんか芋っぽくありません？」

「そ、そんなことないよ！」

おしゃれな服装のテトラももちろん可愛《かわい》いのだけど、こういう格好も一気に親近感が増してまた違った魅力がある。

それに自分の服をテトラが着ているというのは……やっぱりちょっと、ぐっときてしまう。

顔を真っ赤にしている史郎に、テトラはうろんげな眼を向けた。

「……お前、やっぱり自分の服をテトラに着せて興奮してるんじゃないですか？」

「ごめんなさい！　そんなつもりなかったけど正直ドキドキしてます！」

「……嘘《うそ》でも否定しましょうよそこは」

テトラはくすりと笑う。

「まあ、人間の浅ましさはわかっているのです。吸血鬼の貴族として、寛大な心で許してあげるのです」

「あ、ありがとう?」

そうしているとテトラは先日のようにちょんと史郎の服をつまんだ。

それだけで緊張して硬くなってしまう史郎の姿に、クスクスと面白《おもしろ》そうに笑う
「代わりに、今日もちゃんとテトラのこと、エスコートしてくださいね?」

「は、はい!」

そうして二人で夜の街に繰り出した。


計画通りというか、テトラはあまり目立たずにすんでいた。

史郎の服は若干テトラには大きめなのもあって、フードを目深に被れば目元まで隠せるし、羽はリュックサックで隠してある。間近でじっくり観察しない限りは吸血鬼であるとは気づけないだろう。

テトラはフードの下から、街の様子をうかがっている。

「シロー、シロー、あれはなんですか? なんだか賑《にぎ》やかな音がしますけど」

「ああ、あれはゲームセンターだね」

「ほほう、あれが……漫画とかで見たことあるです」

目立たないおかげで多少はリラックスできているのか、時折楽しそうに笑顔を浮かべる。それがなんだかすごく嬉《うれ》しい。

「……ふふ」

「シロー？　どうかしましたか？」

「あ、いや、その……僕の育った村って他に同年代の女の子とかいなくてさ。だからこういうの、昔からの夢だったというか……」

史郎の言葉に、テトラはしばらく沈黙した。

まるで昔のことを思い返すように、遠い目をしている。

「……テトラさん？」

史郎の言葉にテトラはハッとする。

「ふ、ふん。要するに誰でもいいから女の子と遊びたかったってことですね。やっぱり人間のオスは浅ましいのです」

「だ、誰でもいいわけじゃないよ！　その、僕、テトラさんのこと好きだし……」

「……ふえっ？」

「……あ、いや！　好きっていうのは友達としてって意味でね!?　そういう意味じゃないからね⁉」

「わ、わかってますよそれぐらい！　べ、別に勘違いなんてしてないのです！　お友達までならともかく人間と恋愛関係になるとか冗談じゃねーです！」

そう言って、顔を真っ赤にしたままそっぽを向いてしまった。

だが少しすると、テトラの視線が戻ってくる。

「……お前はテトラとこうしてるの、楽しいですか？」

「うん。もちろん」

迷わず頷《うなず》いた史郎に、テトラはまた顔を赤くして口をもごもごさせる。

「なら……こ、これからも遊んであげてもいいですよ？」

「へ？」

「ま、まあ？　お前は一応お友達ですし？　なんだかんだお世話になりましたし？　お前がどうしてもと言うなら、これからもテトラが遊んであげても……」

「本当？　よろしくねテトラさん！」

「……お前はこう、もうちょっとためらいましょうよ」

テトラは苦笑いする。だがその顔は、どことなく嬉しそうだった。

その後は街をぶらぶら歩いてみたり、服屋でウィンドウショッピングを楽しんだり、ゲームセンターで悲鳴を上げながら迫り来るゾンビを撃退したり。

女の子と遊ぶのなんてほとんど経験がないので楽しんでもらえるか不安だったが、触れるものの何もかもが珍しいようで、テトラはずっと楽しそうにしてくれた。


そうしてしばらく歩き回って、二人は休憩がてら近くにあった喫茶店へと足を踏み入れた。

店内は落ち着いたジャズの音楽が流れるおしゃれな店だ。

史郎は緊張しつつもなんとか店員さんとやり取りし、奥のテーブル席に案内してもらう。

「ふぅん、悪くないですね」

テトラの方はなんだかんだ言いつつも、初めて訪れた場所に興味津々という感じだ。席に座ると興味深そうにメニューに眼を通したり店内を眺めたりしている。

だが嬉しそうにしている史郎に気づくと、ちょっぴり恥ずかしそうに頬《ほお》を染めた。

「な、なにをニヤニヤしてやがりますか」

「いや、ちゃんと楽しんでくれてるみたいで嬉しいなって。……正直、女の子をうまくリードできるかなって不安だったから」

「ふ、ふん。調子に乗るなです。……まあ、服でテトラが吸血鬼なのを隠すアイデアなんかは悪くありませんでしたし、エスコートも及第点です。褒めてあげるのです」

「ありがとう。……と、そういえば深く考えずにこのお店入っちゃったけど大丈夫？　吸血鬼の人って人間の食べ物、食べられるの？」

「ちょっとくらいなら問題ありません。まあ、栄養にはならないので完全に嗜好品《しこうひん》という感じですが」

そうしてひとまずテトラは紅茶を、史郎はコーヒーを注文する。

しばらくして運ばれてきた紅茶を一口。すると眼をパチリと瞬いて「ふ、ふん。人間も少しはやりますね」と呟《つぶや》いて紅茶を美味《おい》しそうに飲んでいた。

そしてチラリと、コーヒーを飲んでいる史郎に視線を移す。

「お前の飲んでる黒いのって……なんです？」

「え？　ああ、コーヒーっていう飲み物だけど、テトラさんがいた世界にはなかったの？」

「はい。……よかったら一口もらえませんか？　紅茶がなかなかでしたので、コーヒーとやらの味も興味があるのです」

「いいけど……大人の味だから慣れないうちは砂糖とかミルクをたっぷり入れた方がいいよ？」

「子供扱いするなです。お前が普通に飲んでるのにテトラがそんな……」

そう言って一口飲んで……たちまちテトラの眉間にしわが寄った。

「にがいです……」

「だから言ったのに」

「逆になんでお前はこんなの涼しい顔して飲んでたんですか……頭おかしいのです……」

「僕は実家にいた頃、身体に良いからっておじいちゃん特性の青汁を毎日飲まされてたからね。ほら、次はこれで飲んでみて」

史郎はコーヒーに砂糖とミルクをたっぷりと入れてやる。

テトラはおそるおそる、もう一度コーヒーに口をつける。

「……ん。これならいけるです」

そうしてコーヒーを飲んでいるテトラを見つめていると……あることに気がついた。

(これって……か、間接キスっていうやつなんじゃ……⁉)

今まであまりにも女性と接する機会がなかったため、そこに思い当たるまで時間がかかってしまった。

「テ、テトラさん！」

「ん？　どうしたですかシロー？」

テトラがコーヒーに口をつけつつ聞いてくる。

「いやあのその！　それ！　か……間接キス……」

「ふえ？」

テトラはしばし眼をぱちくりさせ……ボッと顔が赤くなった。

さっきまで美味しそうに飲んでいたコーヒーからのけぞるように顔を離す。

「べ、別に？　テトラは大人ですし？　人間とのか、間接キスなんて気にしないですし？」

そうは言っても顔が真っ赤で、カップを持つ手が動揺でカタカタ震えている。

そして……コーヒーはまだ半分ほど残っている。

「……どうしよっかこれ」

「べ、別に残してもいいんじゃないですか？」

「テトラさんそれは駄目。お店で出されたものはちゃんと食べきらないとお店の人や食べ物に失礼だよ」

「……お前こういう時でもそういうのに対してくそ真面目《まじめ》ですね」

とはいえ、このままテトラが飲むのも、史郎に返すのもさらに間接キスを重ねることになる。

「……えっと、テトラさん、飲む？」

「じょ、冗談じゃねえのです！　これ以上シローと……か、間接キスなんて……」

「じゃ、じゃあ僕が飲むね？」

「～～っ！　や、やっぱりシローは変態です！　そんなこと言ってテトラと……か、間接キスしたいだけなんでしょう⁉」

「ええ……」

進退窮まってしまった。

「う～～……、う～～……」

テトラは小さくうなると若干涙目になりながら、意を決したようにコーヒーを一気にあおった。

「…………」

「…………」

そこからしばらく沈黙が落ちた。顔が熱くて、心臓がバクバク高鳴っている。

「……ごめんなさいです。少し取り乱しました」

「いや……うん。こちらこそ、なんか、ごめん」

そうしてまたお互い黙ってしまう。

「あ、あの！　えっと……よかったらまた後で僕の血、飲む？」

「……なんでそんな話になるです？」

「いや、だって……間接キス……しちゃったし、お詫《わ》びというか……」

「シロー、それは駄目です」

テトラはぴしゃりと言った。

「自分を安売りするのはいただけません。価値あるものには相応の対価を、です。か……間接キスはテトラの不注意ですし、それでシローが血を差し出すというのは道理に合いません」

「そこはほら、今日遊んでくれたお礼も兼ねてってことで……」

そう言うと、テトラは明らかに不機嫌そうにむっと史郎を睨《にら》んだ。

「シロー。テトラは今日、お友達としてお前と遊んでるんです。それを対価になんてしませんしさせません。次言ったら本気で怒ります」

「ご、ごめん」

「……ごめんと言いつつ、なにニヤニヤしてやがりますか?」

「あ、いや、テトラさんが僕のことちゃんと友達って思ってくれてるの嬉しいなって」

「う、うっせーです」

テトラは照れくさいのか、ぷいっと視線をそらす。

「というか、お前はもっと自分の価値を自覚するです。お前の血は本当に、吸血鬼からしたら垂涎《すいぜん》ものの品なんですよ?」

「う、うん……とはいえ自分の血がそんなに美味しいって言われてもあまり実感が……」

史郎の言葉に『やれやれ』と言わんばかりにテトラはため息をつく。

「まあ、あんまり調子に乗られるのも嫌なのでもうそれでいいです。あと、対価を払った時は遠慮なくシローの血をいただきますからね。シローもテトラにしてほしいことがあれば何でも言ってみてください」

「う、うん」

「……何でもといっても、エッチなことは駄目ですからね?」

「言わないよ!?」

そこまで言って、テトラはあらためて紅茶に口をつける。そしてふっと表情を緩めた。

「この国は、ホントに豊かですね」

テトラは呟くようにそんなことを言った。

「テトラさんが住んでた世界はどんな感じだったの？」

「んー……ライトノベルの中世ヨーロッパ……って言うんです？　だいたいあんな感じですよ。城とかあって、街の外にはモンスターとかダンジョンとかがあって、それを攻略する冒険者がいて」

「へー、すごいね。僕もそういうの好きだし、ちょっと憧《あこが》れちゃうな」

テトラの話に眼を輝かせる史郎。だがテトラは小さくため息をつく。

「現実はそんないいもんじゃないですよ。街は汚いですし、治安は最悪ですし、モンスターに襲われて村一つ壊滅なんて話も珍しくなかったですし。それに……」

そこまで言って、テトラの顔に暗い影が落ちた。

「人間に捕まって、売り飛ばされそうになったこともありますし」

「え」

史郎がギョッとしてテトラの方を見るが、テトラは小さく首を振って微笑を浮かべた。

「すいません。遊んでる時に話すようなことじゃありませんね。忘れてください」

「う、うん……」

「あーもう！　それよりほら、まだ夜は長いですし行きますよ。今日は寝かせませんからね」
そうして再び街に繰り出して……深夜徘徊《はいかい》で補導されそうになったのはまた別の話。

そうやって史郎とテトラはゴールデンウィークの間、毎晩一緒に遊んだ。
二人でまたペットショップに行ったり、映画館やアニメショップを覗いてみたり。
何もかも手探りで時には失敗もしたが、それも含めて楽しくて仕方がなかった。
そして、あっという間に時間は流れて、ゴールデンウィークも終わりを迎えて……。

# 幕間

「～～♪　～～～♪」

テトラは『まおしつ』の第一期OP曲を口ずさみながら机に向かっていた。

サラサラと羽ペンを走らせているのは、人間の街を視察した時の報告書だ。

人間と吸血鬼の交流事業の一環で日本に住んでいるテトラは、こうして人間の街を見て回ってその様子を報告するのが義務づけられている。

以前のテトラはその仕事が大嫌いで、いつもブツブツ不満を言いながらやっていた。

だが今はどうだろう。鼻歌を歌いながら、まるで楽しい思い出を振り返るかのように報告書にペンを走らせている。

「よし、今日のお仕事おしまいです」

「お疲れ様でした、お嬢さま」

そう言ってテトラをねぎらったのは、ヴァルフレア家に仕えるメイドのメルだ。

瀟洒《しょうしゃ》なメイド服に身を包んだ青い髪の女性で、小柄なテトラと一緒にいるとまるで妹のお世話をする歳《とし》の離れたお姉さんのようにも見える。

メルは書類などを片付けると、ぐっと伸びをしているテトラに柔らかく微笑《ほほえ》む。

「最近ご機嫌ですね。以前はあれだけ嫌がっていた人間さんの街の視察も毎日行っていますし。何か意識が変わるきっかけでもあったんですか？」

メルの言葉にテトラは頬を染め、ぷいっとそっぽを向いた。

「べ、別に？　テトラももう十五歳ですし、ヴァルフレア家の一員としてちゃんとしないとって思っただけです」

「まあ、素晴らしいですお嬢さま。私もお嬢さまのお世話係兼教育係として鼻が高いです」

メルはそう言ってニコニコと笑顔を浮かべる。

実際、少し前までのテトラの様子は相当に不安を覚えるものだった。

――テトラの属するヴァルフレア家は、吸血鬼の貴族の中でも三大貴族と呼ばれる有力な家系だ。

異世界で人間に迫害されてきた吸血鬼は、今でも人間に対して不信感を持つ者が多い。

そんな同胞達に、貴族階級の者が積極的に人間と関《かか》わる姿を示そうと始まったのが人間との交流事業だ。

ヴァルフレア家からは末子で、今まで政治とは縁遠い生活をしていたテトラが代表として派遣された……のだが、テトラは大の人間不信で、不満たらたらで、少し厳しくしたら家出するという有様だった。

それが最近は毎日自分から人間の街を視察しに行きたいと言い、こうして報告書もきっちりと書いてくれている。

そんなテトラの成長にメルは感慨深いものを感じていた。

唯一、自分が同行することだけは頑《かたく》なに拒否されるのが少し寂《さび》しいが、夜の吸血鬼は強い。日本は治安のいい国と聞くし、護衛の心配もないだろう。……何か人間とトラブルを起こさないかという点は心配だが。

そんな時だ、部屋にある古時計がボーン、ボーンと日付が変わるのを告げた。

「日付が変わりましたね。お嬢さま、そろそろお食事にしましょうか」

――吸血鬼の食事は基本的に一日一回だ。個人差はあるもののテトラはいつも日付が変わる時間に食事をとる……のだが、テトラはいかにも嫌そうに顔をしかめていた。

そんなテトラに、メルも小さくため息をつく。

「お嬢さま。いつまでも好き嫌いしていては立派な吸血鬼になれませんよ？　そもそも今は毎日食事ができるだけでもありがたい状況なんですから」

「わかってます。わかってますから、今日の食事、持ってきてください」

そう言われてメルは部屋を出て行き、少しして戻ってくる。

その手にあったのは白いお皿に乗った輸血パックだ。テーブルに置かれたそれを見て、再びテトラは顔をしかめる。

「……いただきます」

キャップを外して飲み口に口をつけ、ちゅう、と一口。……たちまちテトラは眉間にしわを寄せた。

「……ごちそうさま」

「お嬢さま。一口しか飲んでないじゃないですか」

メルの言葉に、テトラはぷうっと頬を膨らませる。

「だってこの血、くっそ不味《まず》いです」

「お嬢さまは舌が肥えすぎなんですよ。それにこの国はストレス社会なんて言われてるそうですし、異世界みたいに人間さんを吸血用家畜として育てるわけにもいきませんし」

「それにしたって少しぐらい血がおいしくなるように自己管理してほしいです。この血、絶対一週間以内にニンニク食べてますし非処女の血です。テトラに飲ませるなら最低でも一カ月はニンニク断ちした若い処女の血にしやがれです」

「はいはい。無理だとは思いますけど一応要望は出しておきますから」

「そもそも献血とかいうので集めた血ってのがいただけません。やっぱり吸血鬼たるもの、人間に直接牙《きば》を突き立てて新鮮な血を思いっきり吸いたいのです」

「ダメですからね。そんなことしたら傷害罪っていうので牢屋に閉じ込められちゃいますから。そうでなくても私達の立場はいろいろ複雑なんです。こちらの世界でも『吸血鬼は人類の敵だ』なんて言われて追い回されたくないでしょう?」

「それはわかるですが……むぅ」

テトラはむくれたまま黙り込んでしまった。

そんなテトラを、メルは内心心配しつつ見つめる。先程は立場上ああ言ったが、テトラの小食っぷりは少し心配になるレベルだ。

何百年……場合によっては千年以上の寿命を誇る吸血鬼だが、どれだけ健康に長生きできるかは普段飲んでいる血の質にかなり左右される。

お世話係であるメルとしては、やはりテトラには毎日美味しい血をお腹《なか》いっぱい飲んでもらいたい。

そんな風に思っていると、ふと妙案が浮かんでメルはパチンと手を叩《たた》いた。

「そうだ。それなら、血を吸わせてくれるような人間のお友達を作ってみてはどうですか?」

「へ?」

「お友達に許可を取った上でなら直接吸血するのもお咎《とが》め無しだと思いますし、それにこの街には人間さんがいっぱいいます。もしかしたらお嬢さまのお口に合う人間さんがいるかもしれませんよ?」

「……………それは、まあ、そうですが」

テトラの反応にメルは『おや?』と眼をまたたく。言ってはみたもののテトラのことだから

『そうそうテトラの口に合う人間がいるはずないのです！』と返されると思っていたのだ。

何はともあれこれはチャンスかもしれないと、メルはさらに続ける。

「どうですか？　何なら私が人間さんとの交流の場を設けますのでお友達、作ってみませんか？　お友達ができたらきっと楽しいですよ？　それに……ふふ、もしかしたら友達どころか運命の殿方と出会えるかもしれませんよ？」

その言葉にテトラはたちまち顔を赤くする。

「へ、変なこと言わないでください！　お友達までならともかく、人間と吸血鬼が恋愛関係なんかになるわけないじゃないですか！」

「いえいえ恋愛というのは理屈じゃないんですよ。もしかしたらお嬢さまも、人間さんと結ばれる未来があるかもしれませんよ？」

「あ、ありえねーです！　だ、誰があんなやつと……」

「……あんなやつ？」

メルが眼をぱちくりさせる。テトラは自分の失言に気づいたようだがもう遅い。

「お嬢さま？　もしかして……人間のお友達、いるんですか？」

メルが期待に満ちた目で続きを促すと、テトラは頬を染めて視線をそらせつつ答える。

「……家出した時、アカツキシローっていう人間と、まあ、お友達っぽい関係になった、といいますか……」

「まあ……っ！」

メルは嬉しそうに表情を輝かせる。

だがテトラは、メルのその喜びようを見て真っ赤になりながら否定した。

「べ、別に深い意味はありませんからね！　ただクロを拾った時に多少お世話になったからお友達になってあげただけでそれ以上でも以下でもないんですから！」

テトラはそう言うと、ぷいっとそっぽを向いてしまった。

そんなテトラを微笑ましく思いながらメルはクスクスと笑みをこぼす。

赤ん坊の時から面倒を見ているメルにとって、テトラは妹や娘のような存在だ。

そんなテトラに人間のお友達ができたというのは、なんだか嬉しい気持ちになってしまう。

「ああ、そういえばお嬢さま。ここ数日お出かけした際の領収書かレシートなどはありますか？　後で経費として計算しますので」

「……そっちの棚に置いてあるです」

テトラの言った棚を見ると、領収書がひとまとめにして置かれていた。

メルはその領収書を手に取る。領収書にはここ数日、テトラが遊んだ場所が記されている。

映画館やゲームセンターなど、人間の街のレジャー施設の領収書を見て『ここでお友達と遊んだんですね』と、頭の中でテトラが楽しそうに人間の男の子と遊んでいる光景を思い描く。

（いずれちゃんとご挨拶《あいさつ》したいですね……ん？）

メルは一枚の領収書を手に取った。

『ホテル　ヴァンパイア　ご休憩5980円』

――固まった。

すぐに懐《ふところ》からスマートフォンを取り出し『ホテル　ヴァンパイア』と検索……疑いようもなくラブホテルだ。

「あ、あのっ、おじょうさまっ？」

声が裏返らないように必死に堪《こら》えつつ、テトラの方を見る。

「ん、なんですか？」

「す、すいませんっ。いや、あのっ……こ、この『ホテル　ヴァンパイア』って……だ、誰かと入ったりしたんですかっ？」

「ホテル？　ああ、あのお城みたいな宿ですね？　はい、シローと一緒に入りましたよ」

「その……まさか……し、しちゃったんですかっ⁉（エッチなこと）」

「はい、しましたよ？（吸血）」

テトラの返答に、メルは脳が破壊されたような衝撃を受けた。

「し、したって……あの、どこまで……？」

「どこまでってそりゃあ……最後までしましたけど」

「な、なんでそんな！　ま、まさか無理矢理……⁉」

「む、無理矢理なんかじゃありませんちゃんと同意しました！」

そこまで言って、テトラはポッと頬を染めつつ視線をそらす。

「シローの……すごかったです」

その返答に、メルの脳は完膚《かんぷ》なきまでに破壊された。

「……あれ？　メル？　どうかしましたか？　顔が真《ま》っ青《さお》ですよ」

「いえ……なんでも……ありません……」

メルはそれだけ言うと、ふらふらした足取りで部屋を出て行った。

自室に戻ったメルは、あらためて領収書を見る。

ラブホテルの領収書。日付はテトラが家出した日だ。

つまり件《くだん》のアカツキシローという人間は、出会ったその日にテトラをラブホテルに連れ込んだということになる。

メルの頭の中では大事に大事に育ててきたテトラが見ず知らずの人間の男にあんなことやこんなことをされる光景が繰り返されている。

「ふふ、うふふふふ……」

——テトラに人間のお友達ができるのは大歓迎だ。もしその人間と恋愛関係に発展したとしても、テトラが幸せなら心から応援しただろう。

——だが、出会ったその日に愛する主《あるじ》をホテルに連れ込むような輩《やから》となれば話は別だ。

きっと世間知らずなテトラを言葉巧みに誘い、弄《もてあそ》んでいるに違いない。

「アカツキ……シロー」

メルはゆっくりと怨敵の名前を呟いた。

「……握り潰《つぶ》してやる」

# 五話　誤解とお世話係

ゴールデンウィーク明けの学校。休み時間。

「紅月《あかつき》くん？　お～い？」

「え？　ああ、杉崎《すぎさき》さん？」

「杉崎さん？　じゃなくて、どうしたの朝からぼーっとして」

教室でそう話しかけてきたのは前の席の杉崎さん。席が近いことがきっかけで話すようになったクラスメイトの女の子だ。

もっとも、杉崎さんは誰《だれ》にでも気さくに話しかけるタイプなので史郎《しろう》も数多い話し相手の一人という感じだが。

「紅月くんはゴールデンウィーク、どっか遊びに行ったりした？」

「えっと、まあ、近場で友達と遊んでたって感じかな。そういう杉崎さんは？」

「私も似たような感じ。……できればかっこいい彼氏でも作って旅行とか行きたかったんだけどね～」

「杉崎さんはモテそうな気がするんだけどな。可愛《かわい》いと思うし」

「紅月くんってほんとストレートにそういうこと言うよね。それとももしかして……私のこと好きだったり？　どうしよっかな〜？」

「ちちち違うよ⁉　僕はただ思ったことそのまま言っただけで⁉」

ワタワタしている史郎に、杉崎さんはケラケラ笑う。……と、杉崎さんがあるものを見つけて眼を瞬いた。そしてニマニマと笑みを浮かべる。

「おやおや紅月く〜ん？　もしかしてゴールデンウィークの間に大人の階段上っちゃった〜？」

「へ？」

「首筋にキスマークついてるよ」

「…………っ⁉」

途端に史郎の顔が真っ赤になった。それは以前、テトラに吸血された痕だ。

「ち、ちちち違うよ⁉　これは……そう！　虫刺されで！　決してそういうのじゃなくて！」

「いやそれぐらいわかってるから。からかっただけだからそんな真剣に否定しなくても」

思った以上の反応をした史郎に、杉崎さんは苦笑いした。

史郎は少し顔を赤くしながら首筋を撫《な》でる。

ここ最近、テトラのことばかり考えてしまっている。

出会った直後のツンとした顔。猫に触れて嬉《うれ》しそうに笑った顔。人混みの中に出て不安そうな顔。血を吸った時のとろんとした顔。一緒に遊んでいる時の楽しそうな顔。

胸がキューッとする。思い出しているだけで幸せな気持ちになってくる。

(……これってやっぱり、そういうことだよね……)

史郎ははっきり言って恋愛にはからっきしだ。けれど流石に、自分がテトラのことを異性として意識してしまっていることは理解できた。

(でも……そういうの迷惑になるんじゃ……)

この数日でいくらかテトラについても話を聞けたが、どうもテトラは貴族のお姫さまというやつらしい。

漫画とかで得た知識だけど、そういう立場の人は恋愛に関していろいろしがらみが多いらしいし、自分みたいな庶民に好かれても迷惑にしかならないんじゃないかと思ってしまう。

けれどふとした拍子にテトラのことを考えてしまって悶々《もんもん》とする。

「……杉崎さん」

「ん？　なあに？」

「いやその……杉崎さんって、恋したことって、ある？」

史郎がそう聞いた瞬間、杉崎さんの眼が輝いた。

「え？　なになに⁉　もしかして本当にそういう話なの⁉　やーん紅月くんも隅に置けないな～♪　ねえねえお話聞かせて？　私そういう話聞くの大好きだから！」

「い、いや、ちが、違うから⁉　ただなんとなく聞いただけで⁉」

ぐいぐい来る杉崎さんに何だか恥ずかしくなって史郎は顔を真っ赤にしつつ誤魔化《ごまか》す。

この日の学校は一日、そんな調子だった。


学校が終わった後、スーパーからの帰り道にいつもテトラと待ち合わせていた場所に寄ってみた。

辺りは薄暗く、シンと静まりかえっている。

「……いないよね」

キョロキョロ周りを見回すが、テトラはいない。

それも当然。『学校が始まったから次に遊ぶのはお休みの日にね』と言ったのは史郎なのだ。テトラと待ち合わせするのは日が沈んだ後なので、必然的に解散は夜遅くになる。それでは流石に学業に支障が出るのでそうしてもらった。

なのに、もしかしたらテトラがいるかもなんて淡い期待を抱いてここに来てしまった。

自分は何やってるんだろうと俯《うつむ》く……その時だ。

街灯に照らされて足下に人影が差した。——その影には、コウモリのような羽があった。

「テトラさんっ⁉」

パッと顔を上げる。だがそこにいたのはテトラではなく、メイド服に身を包んだ青髪の綺麗《きれい》なお姉さんだった。

すらりとした手足に、モデルのように均整のとれた体形。メイド服という非日常な格好をしているのに、完璧《かんぺき》にその服が馴染《なじ》んでいる。

そのメイドさんは、史郎を見つめてスッと眼を細めた。

「……今、『テトラさん』と言いましたね？　あなたが、アカツキシローという人間で間違いありませんね？」

メイドのお姉さんは笑顔を浮かべている。だが何故《なぜ》だろう？　その笑顔を見ているとだらだらと嫌な汗が止まらない。

「そ、そうですけど……」

「私《わたくし》、テトラ様にお仕えしているメイドのメルと申します。突然ではありますが、少々ご足労いただけないでしょうか」

メルと名乗った女性の口元がにっこりと歪《ゆが》む。だが眼が笑っていない。

史郎の本能が『ヤバい』と全力で警鐘を鳴らしている。ここまで命の危機を感じるのは昔、山でばったり巨大熊と出くわした時以来だ。

「え、えーと、いやその……ぼ、僕このあと用事があるのでっ‼」

史郎は踵《きびす》を返して逃げだした。だが直後に後ろから抱きつかれて、ハンカチを口に押しつけられた。

「むぐーーっ⁉」

ハンカチからは薬品臭がして、くらりと意識が遠くなる。

「逃げようとしたということは……つまりやっぱり、そういうことなんですね……？　ふふ、うふふふふ……」

意識が遠のく中、メルの不気味な笑い声を聞いた。

†

眼を覚ますとどこかの地下室のような場所だった。

薄暗くて、壁や床がコンクリートでできていて少し肌寒い。そして史郎は猿ぐつわをされ、後ろで手を縛られ椅子《いす》に座らされていた。

「ああ、起きられましたか。おはようございます、シロー様。ご気分はいかがでしょうか？」

そう声がした方を見るとメルと名乗った女性がいた。ただ、その手には漫画とかでしか見ないような、かなりごついムチが握られていた。

「む、むぐ……？」

「ああこれですか？　もしかしたら必要になるかもと思い用意しましたが、私の質問に素直に答えてくれるなら使いませんのでお気になさらず」

メルが地面に向けてムチを振るうと、パァン！　と風船が破裂するような音がして史郎は短く悲鳴を上げた。

「私の質問には正直に答えてください。それ以外での発言は認めません。いいですね？」

史郎はコクコクと頷《うなず》く。ふざけた状況なのだけど、メルの雰囲気はまったくふざけていない。

「まずあらためて確認します。あなたのお名前はアカツキシロー様で、間違いありませんね？」

「む、むぐ」

史郎はコクコクと頷く。

「シロー様は先日、テトラお嬢さまと街で出会い、友人関係になりましたね？」

「むぐ」

「そして……言葉巧みにお嬢さまの心を弄《もてあそ》び、ラブホテルに連れ込みましたね？」

史郎は一瞬、何を聞いているのかわからなかった。

だけどすぐに理解した。この人はたぶん、とんでもない勘違いをしている。

「入ったんですね……？　私のお嬢さまを、穢《けが》したんですね……？　赤ん坊の頃から大切に大切に育ててきた私のお嬢さまを……ふふ、うふふ……」

沈黙を肯定と取ったのか、どんどんメルの眼から光が消え虚《うつ》ろになっていく。

そして、まるで養豚所のブタを見るような眼で史郎を見ながら手にゴム手袋をはめた。

「むぐっ⁉　むぐーーっ⁉」

「あぁ、ご安心ください。ここは人間さんの国ですし、いくら大切なお嬢さまに不埒《ふらち》なことをしたからといって命まではとりません。ですが……」

メルはキュッと手袋の奥まで指を通す。

「二度とお嬢さまに不埒なことができないよう、あなたの股間のモノを、握《にぎ》り潰《つぶ》します」

「むぐーーーーっっっ⁉⁉⁉」

虚ろな眼をしたメルがゆっくり近づいてきて、カチャカチャと史郎のズボンのベルトを外し始める。

史郎はぶんぶん頭を振りつつ逃げようとするががっちりと拘束されており逃げられない。……と、そんな時だ。

「メルー？　どこにいるですー？　お仕事について聞きたいことが……」

ガチャリと部屋の扉が開き、扉の隙間《すきま》からひょこっとテトラが顔を覗《のぞ》かせた。

「…………へ？」

テトラの眼に映ったのは、今まさに史郎のズボンを脱がそうとしているメルだった。

「あー……えっと、すいません。お楽しみの最中だったようで、お邪魔しました……」

「むぐーー‼」

「……ってシロー⁉　ちょっ、メル⁉　お前何してるです⁉」

「止めないでくださいお嬢さま。今、お嬢さまを弄んだ不届き者に天誅《てんちゅう》を下すところです」

「も、弄んだってなんの話です？　シローとは一緒に遊んだり、ホテルで休憩したりしただけですよ？」

「むぐーーーっっ⁉（何でそんな誤解を招く言い方するの⁉）」

テトラの言葉にメルの眼がさらに虚ろになっていく。

一方のテトラは、何故このような事態になっているのかまだ飲み込めておらずわたわたしていた。

「もー、なんなんですか⁉　なんでこんなことになってるです⁉　ちゃんと説明するです⁉」

「それはもちろん、この男がお嬢さまをラブホテルに連れ込んで弄んだからです」

「……ん？　ラブホテルってなんですか？」

テトラの言葉にメルは動きを止める。ようやく、微妙に会話が噛《か》み合《あ》っていないことに気づいたようだ。

「お嬢さま、お嬢さまとこの人間が入ったのはラブホテルという施設なのですが、お気づきでなかったのですか？」

「？　テトラ達が入ったところ、ホテルとしか書いてなかったですよ？」

余談だが、実際のラブホテルもわざわざ〝ラブ〟ホテルと書いてるとは限らない。間違って入らないように気をつけよう。

「……ちなみに、ラブホテルがどういう施設かお嬢さまはご存じですか？」

「？　どういう施設なのですか？」

「…………」

テトラの返答にメルは沈黙した。コホンと咳払《せきばら》いし「お嬢さま、お耳を失礼します」とそっとテトラの耳に顔を近づける。

「いいですかお嬢さま。ラブホテルというのは主に…………したり、…………や、…………なので…………」

「え……？　ふえっ……⁉」

メルの説明を聞いて、テトラはたちまち湯気が出そうなほど真っ赤になった。

「というわけで、私はお嬢さまがこの人間とラブホテルで過ごしたと知り、お嬢さまがそういうことをされたのかと……」

「しししてませんからね⁉　テトラはそんな会ったばかりの……え？　ちょっと待ってください？　ということはテトラとシローがあのホテルに入るところを見た人達はテトラとシローがそういう……うにゃあああああ⁉」

「シロー様。お嬢さまがお世話になったとも知らず、本当に申し訳ありませんでした」

史郎とテトラに関する一通りのことを説明して地下室から客間へ移動すると、メルは謝罪の言葉を口にしつつ床に顔を伏せて土下座した。

「も、もういいですから。誤解も解けたようですし」

「で、でもシローも悪いのです！　あそこがそういうことする場所だって知ってたらテトラだって入ろうとは……」

「いや止めようとしたよ⁉　止めようとしたけどテトラさんが潤んだ瞳《ひとみ》で入りたいっておねだりしてくるから……」

「ぎゃあああああその言い方やめるですううううっ⁉　そ、その言い方だとまるでテトラがシローに……うにゃあああああ‼」

テトラは顔を真っ赤にしたまま史郎の胸ぐらを摑《つか》み前後にガクガク振り回している。

一方、メルは床にひれ伏しつつも、内心では驚きながらその様子を見守っていた。

（あのお嬢さまが懐いてる……）

筋金入りの人間嫌いだったテトラが史郎には自然体で話しかけている。

話している内容も一応言い争ってはいるが、どちらかと言えばじゃれ合っているという感じだ。それだけで二人の仲の良さが見て取れる。

（まあ確かに、警戒するのも馬鹿《ばか》らしくなるほど人の良さそうな少年ですが……）

史郎の様子を観察していると……ふと、メルの頭の中に昔の記憶が蘇《よみがえ》った。

テトラが幼い頃、人間の男の子と仲良くしていた時期があったのだ。

その男の子も黒髪で、幼いながらも史郎のような柔らかい雰囲気の持ち主だった。

（お嬢さま、ああいうタイプが好みなんですかね？）

何はともあれ、愛する主《あるじ》を傷物にされたと思い込んでいたので気づかなかったが、史郎はいかにも優しげで人畜無害な雰囲気だ。我が強いテトラとの相性も悪くなさそうである。

おまけに、テトラが認めるほどに血が美味《おい》しいと……。

（……これは、望外の幸運なのでは？）

最近のテトラの様子を思い浮かべ、メルの頭の中で策謀が巡る。

「こほん。お嬢さま、少々確認したいのですが、シロー様の血はそれほど美味しかったのですか？」

「え？　……はい。まあ」

「例えば、日本政府から提供されている献血で集めた血液と比べては？」

「あんなのと比べるのはシローに失礼です。テトラに飲ませるなら最低でも一カ月はニンニク断ちした処女の血でも持って来やがれです」

「では、こちらの世界に来る前にお嬢さまが飲んでいた血と比べてはどうですか？　あれらは貴族向けに管理された最高級品ですが」

「……あれと比べてもシローが断トツです。正直比べものになりません」

「なるほど、それほどですか。……ただ、このままではその美味しい血も失われてしまうかもしれません」

「？　どういうことです？」

「こちらをご覧ください」

メルはどことなく芝居がかった動作でスーパーの袋を差し出す。

「なんですかこれ？」

「シロー様の持ち物です」

それは史郎がメルに攫《さら》われる前にスーパーで買ったものだった。誘拐も同然の方法で連れてこられたが、一応持ってきてくれていたようだ。

テトラは不思議そうな顔をしつつスーパーの袋を探る。

中からカップラーメン（ニンニクましまし）が出てきた。

「シローオオオオオ⁉」

テトラは一瞬でぶち切れて史郎の胸ぐらを摑《つか》んだ。史郎はびっくりして眼を丸くしている。

「シロー‼　お前の血はすっごく美味しいって褒めてあげましたよね⁉　なのになんであんなもの食べようとしてるんですかあああああ‼」

「え？　え？　いや、今日特売で安かったからだけど……」

「安かった？　そんな……そんな理由で……うわあああん！」

ついには泣き出したテトラ。混乱している史郎に、メルがそっと言葉を足す。

「吸血鬼《きゅうけつき》にとって血が美味しい人間は黄金以上の価値がありますが、ニンニクを摂取してしまえば長期間飲めなくなります。シロー様の行いは、例えるなら砂漠で干からびる寸前の人がようやく見つけたオアシスにヘドロを投げ込むような行為です」

「……もしかして、テトラに血を吸われるの、いやだったですか？」

テトラが鼻をすすりながらそんなことを聞いてくる。

「テトラ達の世界では、吸血鬼に血を吸われないようにってニンニクを食べる人達もいました。もしかして、シローもそういう目的でこんなものを……ぐす……」

「い、いや違うから⁉　ぼ、僕そういうの知らなくて！　ごめんテトラさん謝るから落ち着いて？　ね？」

「とはいえ、このままではシロー様の血の劣化は確実だと思われます」

追い打ちをかけるようなタイミングでメルはそう言い、スーパーの袋の中身を次々に取り出していく。

出てくるのはスーパーで買ったお弁当や惣菜《そうざい》。缶詰やインスタント食品だ。

「ずいぶんと栄養が偏っているご様子。失礼ながらこのようなものを食べていては血の品質を保つのは難しいかもしれませんねぇ？」

「シ、シローの血、美味しくなくなっちゃうですか?」

「このままでは、おそらく」

「そ、そんなのダメです！　シロー！　もっと栄養のあるものちゃんと食べるです！」

「きゅ、急にそんなこと言われても……」

テトラの懇願に史郎は困った。

自分の食べているものが多少偏っているのは自覚していたが、だからといってすぐにもっと良いものに変えられる訳ではない。

一人暮らしでの自炊は意外と高く付く上に時間もかかる。

正直あんまり裕福ではない上にいずれはアルバイトも始めたいと考えている史郎にとって、毎日三食栄養バランスを考えて……などと言われても難しい話だ。

そしてそんな史郎の内心を見透かしたように、メルの眼がキラリと光る。

「そこでシロー様。提案なのですが、お嬢さまのペットになるのはいかがでしょうか?」

「「え」」

史郎とテトラが同時に声を上げた。

「ぺ、ペットって、あのペットですか?」

「はい。こちらの世界の人間さんには馴染みが薄いでしょうが、私達吸血鬼が気に入った人間を家畜……コホン、ペットにするのは珍しくないことでした」

「今家畜って言いませんでした⁉」

気になる点は多々あったが、メルが簡単に説明してくれる。

異世界はこちらの世界と比べ遙《はる》かに食糧事情や衛生環境が悪く、美味しい血の人間を見つけてもすぐに味が劣化してしまうことが多かったのだという。

そこで気に入った人間をペットとして家に連れ帰り、血が劣化しないように可愛がる……というのが貴族の嗜《たしな》みとして定着していたそうだ。

それによって吸血鬼は美味しい血を飲むことができて、人間も衣食住が保障されるまさにWin-Winの関係だと、メルは言うのだが……。

「で、でも流石にペットというのは……」

「そ、そうですよ。そもそもいくら血が美味しいとはいえ男性を家に住ませるなんて……」

「おや何故ですか？　双方にメリットしかないように思いますが」

そう言うとメルはまず、テトラの方に視線をやる。

「まずお嬢さま、いつも献血で集められた血に文句を言ってらっしゃいましたよね？『直接牙《きば》を突き立てて吸血したい』と」

「それは、まあ……」

「シロー様をペットにすれば、シロー様の血を毎日飲むことができるのですよ？　すごく美味しかったって、お嬢さま言ってらっしゃいましたよね？」

「う……」

テトラの眼が泳ぎ始める。

テトラの心が揺れているのを察し、誘惑するように囁《ささや》きかける。

「想像してみてください。シロー様の首筋に牙を突き立て、溢《あふ》れてくる血をコクン、コクンって飲み下すのを。シロー様をペットにすれば、毎日好きな時にその美味しい血を飲めるんですよ？」

「う……あう……シローの血を……毎日……？」

「さらに……シロー様はあれだけ不摂生な食事をしていたのに、お嬢さまが感激するほどに血が美味しかったのですよね？　なら……この屋敷でシロー様をばっちり健康管理してあげれば……？」

「シローの血が……さらにおいしく……!?」

テトラの視線がメルと史郎の間で行ったり来たりする。

「し、仕方ありませんね！　シローがどうしてもって言うなら、ペ、ペットにしてあげなくもないですよ？」

そう言いつつ期待のこもった眼でチラ、チラと史郎の方を見てくる。メルは微笑《ほほえ》んで、続けて史郎に視線を向けた。

「と、お嬢さまは仰《おっしゃ》っておりますが、いかがでしょうかシロー様？」

「う、ううん……」

「先程も申し上げましたがシロー様のメリットも大きいと思いますよ？」

メルはそう言って笑みを浮かべる。……なんとなく、人間を誘惑する悪魔ってこんな感じなのかなと思った。

「失礼ながら、見たところシロー様の経済事情はあまりよろしくないご様子。お嬢さまのペットになっていただけるのなら衣食住はこちらで用意しますし、なんならお小遣《こづか》いも差し上げます。金銭的に大きな余裕ができますよ？」

「うぐ……」

実際、史郎の家はあまり裕福ではない。それにゴールデンウィークは毎日テトラと遊んでいたためお小遣いも底をつき始めている。正直相当ありがたい。

「で、でも流石にペットっていうのは……」

「ペットというのが気になるのでしたら、住み込みのアルバイトと考えればいかがでしょうか？　シロー様はお嬢さまに血を提供し、その報酬として快適な衣食住やお小遣いを受け取る。ほら、何も問題ないですよね？」

「そ、それはそうかもしれませんが……」

「まだ気が引けるというのならお嬢さまのお世話係としてのお仕事もお任せします。私も忙しい身ですし、お嬢さまと同年代の方がお嬢さまの相手をしてくれると何かと助かりますから。

もちろん、その分報酬に色も付けますよ？」

「う、ううん……」

史郎の視線が泳ぎ始める。それを見透かして、メルは静かに最後のカードを切った。

そっと、メルが史郎の耳元に唇を寄せる。

「うちで働けば、お嬢さまに毎日会えるんですよ？　シロー様」

そう囁いて、意味ありげに微笑んだ。

「え、ちょ……えっ⁉」

「ふふ、今の反応で確信が持てました。シロー様は、お嬢さまのことが気になっているのでしょう？」

「い、いやあのそのっ⁉」

史郎はあっという間に真っ赤になってしまった。得たりとばかりにメルは笑みを浮かべる。

「うちで働いていただけるなら、当然お嬢さまと一つ屋根の下です。毎日一緒にいれば、お嬢さまにも特別な感情が芽生えるかもしれませんよ？」

メルの言葉に、テトラと一緒に暮らす光景を想像してしまった。グラグラと心が揺れているのを感じる。

「い、いや、メルさん的には僕がそういう風に思っていること、いいんですか？」

「私が最優先するのはお嬢さまの幸せです。シロー様が不埒な真似をするようでしたらもちろん潰しますが、そうでないなら深く関知はいたしません」

メルはそう言った上でさらに追い打ちをかける。

「想像してください。寝起きでおねむなお嬢さま……お腹《なか》いっぱいで幸せそうなお嬢さま……お風呂《ふろ》上がりでホカホカなお嬢さま……そんなかわいいお嬢さまのお姿、見たいですか？　見たいですよね？　……み、れ、ま、す、よ？　うちで働いていただけるなら、そんなお嬢さまを毎日でも……」

誘うようなメルの言葉に、テトラのそんな姿を想像してしまった。顔が茹《ゆ》だったように赤くなって、頭から湯気を出している。

そんな史郎に、メルはにっこり微笑んだ。

「うちで働いていただけますね？」

完璧なタイミングでそう聞かれて……つい頷いてしまった。

# 六話　二度目の吸血

その後、早速吸血をするということで、史郎《しろう》はお風呂《ふろ》で身体を綺麗《きれい》にしてテトラの部屋に向かっていた。

廊下を歩きながらあらためて屋敷を見回すが、いかにも『吸血鬼《きゅうけつき》の屋敷』という風情の洋館だ。

窓は分厚いカーテンで覆《おお》われていて、壁にはアンティークのランプが灯《あか》りをともしている。

エントランスが吹き抜けになった二階建てで、一階には浴場や厨房、メルの部屋。二階はテトラの生活スペースという構造だ。

……余談だがこれだけの屋敷を購入できる吸血鬼の資金源は、異世界から持ってきた様々な宝物を売り払ったものらしい。

そういえば前にニュースで吸血鬼が持ってきたミスリル鋼が常温常圧超伝導物質とかいうすごく貴重なものでアメリカが数十億ドルで買い取ったとか言ってた気がする。

そんなことを思い出しつつ、史郎は……。

（……いや流石に早まったんじゃない僕？）

ちょっと頭を抱えていた。

確かにメルの話は魅力的だった。

衣食住は保証してくれて、お小遣《こづか》いもくれて、さらにテトラと一緒にいられる。

まるで催眠術のようなメルの声色に惑わされてつい首を縦に振ってしまったが、冷静に考えてみるとかなり危険な橋を渡っている気がする。

少なくとも、異世界から来た吸血鬼の屋敷で働くだなんてどう考えても簡単に決めていいことじゃない。

最悪家畜みたいな扱いで、どこかに閉じ込められて延々と血を搾《しぼ》り取られる可能性も……。

そんなことを考えながら歩いていると、いつの間にかテトラの部屋に着いていた。

深呼吸をして、コンコンとドアをノックする。すると「どうぞー」とテトラの返事がした。

部屋に入ると、テトラはベッドに座ってクロをブラッシングしていた。

服装はゆったりとしたネグリジェ姿。子猫を膝《ひざ》に乗せて可愛《かわい》がる姿はなんだかすごく絵になっていた。

「シロー、そんなとこに突っ立ってないでこっち座るです」

思わず部屋の入り口で見惚《みほ》れていると、テトラがそう言ってポンポンとベッドの隣を叩《たた》いた。

「お、おじゃまします」

緊張気味に部屋に入る。ふわりと甘い匂《にお》いがして、心臓が高鳴るのを感じる。

ここ最近、テトラとは毎日会っていたのだけどこうしてテトラの部屋で顔を合わせるというのは、うまく言語化できないが全然違った。

テトラの隣に腰を下ろす。ギシッとベッドが軋《きし》む音にさえドキドキしてしまう。

「クロのブラッシング、もうすぐ終わりますから待っててくださいね」

「うん。ごゆっくり……」

そう言いつつ、史郎はチラリと部屋を見回した。

テトラの部屋はいかにもお姫さまの部屋という感じだった。

高級感の溢《あふ》れる調度品に天蓋《てんがい》付きの大きなベッド。床には分厚い絨毯《じゅうたん》が敷かれていて、歩いているだけで何だか気持ちいい。

ただ、ベッドの枕元《まくらもと》にはいくつか大きなぬいぐるみが置かれていて、そんなところに女の子らしさを感じる。

自分は今、テトラのプライベートな空間にいる。そう思うと何だか落ち着かなくて、ついそわそわしてしまう。

「はい、ブラッシングおしまいです。クロ、いい子でしたね～」

「なー♪」

クロは嬉《うれ》しそうに一声鳴くと、ぴょんと史郎の膝に飛び移る。

「元気そうだね、よかった」

「ふふん、テトラがお世話しているのだから当然です」

テトラがえっへんとばかりに胸を張る。

実際、拾ったばかりの時は少しやつれていたのに今はとても元気そうだ。ちゃんと大切にお世話してくれているみたいだ。

「……さて、シロー？　テトラはお腹《なか》がすいたのです」

「あ、うん……えと、吸うんだよね？　僕の血……」

「当然です。そのためにお前を雇ったんですから。何です？　今さら怖《お》じ気づきましたか？」

「いや、そういうわけじゃないんだけど……ちょっと緊張して……」

史郎は前回吸血された時を思い出す。

テトラは吸血するとトロトロに酔っぱらって、デレデレになってくれて……それを今回はテトラの部屋でと思うと、なんだか無性に緊張してしまう。

「ちなみに……衣食住以外に、何か望むものはありませんか？」

「え？」

「何度も言ってますが『価値あるものには相応の対価を』というのはヴァルフレア家の家訓です。シローの血に対して衣食住の提供だけではつり合っていません。ですので、何かお望みのものがあれば言ってください」

「う、うん……」

「今回は正式にシローを雇ったようなものですし、難しく考えず『もっとお金をよこせ』とかでもいいんですよ？」

「テトラさんそれは駄目。友達同士でそういうのはしたくない」

「じゃあどうするです？」

「うーん……」

何となしに膝の上にいるクロを見た。

クロは史郎に撫《な》でられて、何とも気持ちよさそうに眼を細めている。

その姿を見ていると、前に酔っぱらったテトラの頭を撫でたことが頭に浮かんできて……。

「……テトラさんの頭撫でたい」

「へ？」

ついうっかり頭に浮かんだことをそのまま言ってしまった。テトラは鳩が豆鉄砲でも食らったような顔でポカンとしている。

「ふ、ふん。本性を現しやがりましたね。やっぱり人間はケダモノなのです」

「ご、ごめんなさい⁉」

頬《ほお》を少し赤くしながら、テトラはそっぽを向いてしまった。

だが少しするとその視線が戻ってくる。

「…………テトラの頭、撫でたいんですか？」

「え？」

「か、勘違いするなです！　ただまあ……一応お前とテトラはお友達ですし、血の対価なんですし、お前がどうしてもと言うなら撫でさせてあげなくも……ないですよ？」

「えと、その……じゃあ、撫でたい」

「ふ、ふん。ホントに人間は浅ましいですね。……好きにするです」

そう言って、テトラはこちらに頭を傾《かし》げてくれた。

史郎はおそるおそるテトラの頭に触れる。そのまま手を左右に動かすとサラサラと心地よい感触が伝わってくる。

「ん……」

テトラは眼を閉じて、黙って撫でるのを受け入れてくれている。

少なくとも嫌がられてはいないことに安心して、史郎はさらに丁寧に、優しく髪をすくように撫でていく。

つむじの部分はほんのり温かくて、甘い匂いがする。

無意識なのか、テトラはまるで『もっと』とせがむように頭を手に擦《す》り付《つ》けてきた。

（……気持ちいいのかな？）

最初はテトラも緊張気味だったのに、今は表情が緩んでいてまんざらでもない様子だ。背中の羽がパタパタしている。もしかしたら本当は甘えたがりな性格なのかもしれない。

「ふふ」

「な、なんですかニヤニヤして」

「いやごめん、なんだか妹が増えたみたいだなーって」

「は、はあ⁉　誰《だれ》がお前の妹なんかになるかです！　というかなるなら絶対テトラの方がお姉さんなのです！」

「僕、今十六歳だけどテトラさんは？」

「……まだ十五歳です。ぐぬぬ」

本気で悔しそうに歯噛《が》みするテトラ。そんな様子に、なんだか妹の反抗期を思い出して懐かしい気持ちになる。

一方のテトラは妹扱いされたのが不服なのか、ぷうっと頬を膨らませていた。

「むー……いつまで撫でてるつもりですか？　もう十分撫でたでしょう」

「あ、うん。そうだね」

「まったく……シローはご主人様に対する敬意が足りていないのです」

ぶつくさ文句を言いながら、テトラはベッドから立ち上がる。

「それじゃあ対価は払いましたし吸血、しますからね」

「う、うん」

テトラがそう言うと、クロもなんとなく空気を察したのか史郎の膝から降りて、部屋の隅にある自分の寝床の方に向かった。

テトラはゆっくりと首筋に顔を寄せる。テトラに血を吸われるのは二回目だけど、やっぱりこの瞬間はドキドキしてしまう。

ぴちゃりと、ぬめった舌が史郎の首筋を撫でた。思わず「ひあっ⁉」と声を上げると、テトラの方もどこか恥ずかしそうに「へ、変な声出さないでください！」と怒った。

ぴちゃ……ぴちゃ……。

テトラの首筋への愛撫《あいぶ》は続く。ぬるぬるした舌が首筋を往復し、丹念に唾液を塗り込んでくる。

テトラもこのあとの吸血の予感にドキドキしているのか、ほんのりと肌が熱くなっていて、息が荒い。

女の子の荒い呼吸を耳元で聞かされて、史郎はもうたまらない気分になってしまっていた。

「……いただきます」

愛撫を続けてしばらくすると、テトラは小さな声でそう言った。

チクッとした痛みが走ると同時に、テトラの牙《きば》が自分の中に入ってくる感触がした。

「……ちゅ……ん……」

テトラはちゅー、と史郎の首元に吸い付いている。

「くぅ……あ……」

思わず声が漏《も》れる。テトラにとってただの食事なのはわかっているけれど、こうやって首筋を吸われるのはやはりかなり刺激的だ。

皮膚の薄い場所に吸い付かれる感覚や肌に当たる荒い息がくすぐったくて、気持ち良くて、なんだかどんどん身体が熱くなってくる。

「あ……ん、ちゅ……しろー、そんなにうごいたらすいづらいですぅ」

「ご、ごめん」

快感が我慢しきれずに体をもぞもぞと動かしてしまう。そのたびにテトラが文句を言ってくるが、その声にはどこか甘い響きが混ざるように感じる。

「はむ……んく……」

頭がぼーっとして、身体がふわふわする。

「ん……ん……」

コク、コク、と喉《のど》を鳴らしながらテトラが史郎の身体に腕を回してきた。そのままぎゅっと抱きしめてくる。

身体の柔らかさや熱がよりダイレクトに伝わってきて、どんどん変な気分になってくる。

「しろー……おいしいです……。もっと……」

熱に浮かされたように言いながら、テトラはさらに強く史郎を抱きしめてきた。密着度が増して、心臓の鼓動まで伝わってきそうな気がする。

（こ、これは食事だから！）

自分にそう言い聞かせないと、いろいろと我慢できなくなってしまいそうだった。

「はぁ……はぁ……、ん……んく……ちゅぅ」

テトラは史郎に抱きついたまま、夢中になって血を吸っている。

ただその体勢が辛《つら》くなってきたのか、テトラは体勢を変えると史郎の太ももに跨《また》がるように腰を下ろした。

「っっ⁉」

服越しでも否応《いやおう》無く感じてしまう柔肌《やわはだ》の感触に、史郎は声にならない悲鳴を上げる。

一方のテトラは史郎の動揺などつゆ知らず、再び史郎の首に腕を回して血を吸ってくる。

「ちゅ……ちゅぅ」

血を吸われる快感に加え、太ももに伝わってくる熱と柔らかさ。そのせいで、どんどん理性が溶けていくのを感じる。

（これは食事！　これは食事！）

頭の中で必死にそう繰り返すが、身体の一カ所にどんどん血が集まってしまっているのを感じる。

このままでは身体の反応をテトラに気づかれてしまうのも時間の問題だと焦《あせ》り始めたその時だ。

「ん……ぷはっ」

テトラは史郎から唇を離すと大きく息をついた。

眼がとろんとして、酔っ払ったようにぼんやりしている。

「お、お腹いっぱいになった？」

「はい……ごちそうさまでした……」

テトラは満足そうにお腹をさする。

何はともあれ大事に至る前に終わってよかった。そう胸を撫で下ろした……のもつかの間、テトラは立ち上がると、何故《なぜ》か不機嫌そうにぷうっと頬を膨らませて……。

「ぜったい！　テトラのほうがおねえちゃんなのです！」

ビシイッ！　と史郎の眼前に指を突きつけてそんなことを言ってきた。

「え、ええ？」

「ふふん、いまからそれをしょうめいしてあげるのです」

「証明ってなにを……わっ⁉」

どん、と突き飛ばされて史郎はベッドに転がった。

そしてテトラは、そんな史郎に馬乗りになってくる。

お腹に伝わる柔らかなお尻《しり》の感触。それにこちらを見下ろして舌舐《な》めずりするテトラの姿に心臓がバクバクと高鳴ってしまう。

「ふふ、どっちがうえか、そのからだにおしえこんでやるです」

テトラはそのまま史郎の服に手をかけると、ペロンと胸元《むなもと》までめくりあげてしまった。突然のことに史郎は「ひゃあっ⁉」とまるで女の子のような声を漏らす
「やっぱりいいと、きんにくしつですよね……とっても、おいしそう」

うっとりとした表情を浮かべると、小さな唇から熱い吐息を漏らす。

その表情はやけに色っぽくて……いつものツンツンした様子とは全然違っていた。

「テテテテトラさん⁉　い、いったい何を……っ⁉」

「いったじゃないですか……どっちがうえか、そのからだにたっぷりおしえてあげるって……」

そう言いつつ、指先でツーと史郎の脇腹《わきばら》をなぞる。むず痒《がゆ》い刺激に心臓の鼓動がどんどん早くなっていく。

「だ、駄目だよ⁉　そ、そういうことはちゃんと恋人同士になってからするもので……」

「ふふ、にがしませんからね……」

テトラはそっと史郎の身体に両手を伸ばしてくる。史郎はこれから起こることを想像して、思わず眼をつむった。そして……。

「そーれこちょこちょ～♪」

テトラは馬乗りになったまま、史郎の身体をくすぐってきた。

いきなりのことに、史郎の口から悲鳴じみた声が漏れる。

「ひゃ、あははっ⁉　ちょ、やめ……⁉」

ない。


「やめないです～。ぜったいしろーよりテトラのほうがおねえちゃんなのです～」

そう言ってテトラは楽しそうにくすぐり攻撃をしてくる。

その攻撃から逃れようとバタバタと暴《あば》れるが、テトラに馬乗りになられていてうまく動け
ない。

「あははっ、だめ、テトラさ……ひゃうっ⁉」

「ふふん。どうやらおまえの弱点はここみたいですね～？」

史郎が脇腹が弱いと見るや、テトラはそこを重点的に攻め始める。

「わっ、ちょっ、待って待ってテトラさん⁉」

「だめです～♪ テトラがおねえちゃんってみとめるまで、許してやらないのです」

史郎の慌てようにテトラは気を良くして、史郎に馬乗りになったまま脇腹をくすぐる。

ただ、史郎が慌てているのはくすぐったいからだけではなかった。

脇腹をくすぐるためにテトラは跨がる位置を少し史郎の下半身側にずらしたのだが……ズボン越しに、色々とあたってしまうのだ。

身体に跨がったテトラが動くたび、ぐりぐりと柔らかい身体で敏感な部分が刺激される。

テトラの身体の重みとか、柔らかさとか、熱さとか。そういったものがあいまって非常にまずいのである。非常に、まずいのである。

「……ん？　なんですこれ？　なにかかたいのが……」

「テトラさん降参！　降参するから！　もうそこまでにして⁉　ね⁉」

そうして、テトラは史郎に大勝利を収めるとポフンと史郎の隣に腰掛けた。

「ふふん、やっぱりテトラがおねえちゃんなのです。いいですかしろー？　おとうとはおねえちゃんにしたがうものですよ？」

「う、うん……」

大勝利に気を良くしてテトラは満足げな顔をしている。……幸い、どうして史郎が膝を抱えて丸くなっているかには気づいていないようだ。

「さて、おねえちゃんとしてのさいしょのおしごとです。おとうとのこと、甘やかしてあげるのです」

「へ？」

テトラは「えへへ～♪」と嬉しそうな笑顔を浮かべながら、ポンポンと自分の膝を叩いた。

「ほら、しろー？　おねえちゃんがひざまくらしてあげますから、ここに横になるです」

「い、いや、いいよ」

「だーめーでーすー。おねえちゃんのいうことき一く一で一す～」

テトラがぐいと史郎の腕を引っ張った。そのままテトラは史郎の頭を無理やり膝の上に押し付ける。

テトラの膝は柔らかくて、いい匂いがして……しかも見上げるとテトラの笑顔と二つの膨らみが眼に入って、恥ずかしくなって視線をそらしてしまう。

「ふふん♪　かんねんしておねえちゃんにあまやかされるがいいのです」

「……う、うん」

「よしよし、素直なおとうとは可愛いですね」

テトラは楽しそうな声で言いながら、史郎の頭を優しく撫でてくれた。

「きもちいいですか？」

「……うん」

「そうですか。それはなによりです」

テトラは眼を細め、史郎の髪を撫でたり弄《いじ》ったりしてくる。

その表情はなんだか慈愛に溢れていて、まるで本当に弟を甘やかす姉のようだ。

妹を甘やかすことはあってもこうやって甘やかされることはめったになくて、史郎は何だか気恥ずかしくて顔を覆った。

「……ねえ、しろー？」

「ん……？」

「テトラはね？　こんなふうにいっしょにいてくれる家族がほしかったんです。だからしろーがこの家でくらすことになったの、とってもうれしいんですよ？」

「家族って……その、テトラさんのお父さんとかお母さんは？」

「……お父さまはずっと昔に亡くなりました。お母さまは……数えるほどしかあったことないです」

ニコニコしていた表情が、ふっと切なげなものに変わる。

「貴族だとめずらしくないことですよ、お母さまはいそがしいですし、テトラははなれてくらしてましたからね」

なんでもないように言うテトラだけど、その言葉の裏には寂《さび》しさが滲《にじ》んでいるような気がした。

史郎が心配そうに見ていると、それが嬉しかったのかテトラの表情がへにゃりと緩んだ。

「だから、しろーが家族になってくれたみたいで、とってもとってもうれしいんです。また、おとうとができたみたいだなって」

「……うん、僕もテトラさんと一緒に暮らせることになって嬉しいよ」

「えへへ、これからよろしくおねがいしますね」

「こちらこそ、よろしくね」

……吸血鬼のペットになるというのは正直不安でいっぱいだ。

けれど、それでテトラが喜んでくれるならいいか……なんて、心の片隅で思ってしまった。

# 七話　吸血鬼と暗殺ごっこ

「ねえ紅月《あかつき》くん。首筋のキスマーク……増えてない？」

「む、虫刺され！　虫刺されだから！」

「ふーん？」

翌日の学校で、史郎《しろう》はさっそく吸血痕が増えたことをつっこまれていた。

杉崎《すぎさき》さんは史郎の言い訳をまったく信じていないようで、ニヤニヤと笑みを浮かべている。

いやまあ、本当のことを伝えてもいいのかもしれないが、思春期真っ盛りの男子としてはテトラのような可愛《かわい》い女の子に血を吸われたというのもそれはそれで恥ずかしい。

しかも杉崎さんは女子で交友関係も広い。『実は僕、昨日から可愛い吸血鬼の女の子と同居しててこれは血を吸われた痕なんだ』なんて言ったらあっという間に話が広まってしまいそうだ。

だが顔を真っ赤にして誤魔化《ごまか》している姿がどうも杉崎さんの悪戯《いたずら》心を刺激してしまっているようで、杉崎さんはニマニマしつつ追及の手を緩めてくれない。

「ねえねえ、紅月くんの彼女ってどんな感じの子なの？」

「だから違うから！　あんまり変なこと言わないで！」

「えー、だってさあ」

「も、もうこの話はおしまい！　次昼休みだよ！　お昼ご飯食べよう！　ね⁉」

そうやって強引《ごういん》に会話を打ち切り、史郎はスクールバッグからお昼のお弁当を取り出す……

が、この時点で史郎は特大の墓穴を掘っていた。

「あれ？　紅月くんいつも購買のパンだったのに、今日はお弁当なの？」

「……あ」

史郎が開いたお弁当はメルのお手製だ。

流石はプロのメイドさん。史郎の（血を美味《おい》しくする）ために手間暇かけて作ったのが一目でわかる鮮やかさだ。

そしてそんなお弁当を見た杉崎さんはますますニマニマして……。

「彼女さんの手作りか〜、熱々だね〜♪」

「だ、だから違って！　本当にそういうのじゃなくて！」

「ふ〜ん？　じゃあどういうのなの？」

「どういうのって、その、あの……」

結局その後、史郎は杉崎さんに散々に玩具《おもちゃ》にされるのだった。

学校が終わった後、史郎は昨日までの下校時とは反対方向にあるバス停に向かった。

なんとなく周りに知り合いがいないか気にしつつバスに乗り込む。

テトラの屋敷があるのは、街の郊外だ。

曲がりなりにもテトラの家で同居することになったので、今日からそこが史郎の帰る家になる。

（や、やっぱり僕すごいことしてるよね……？）

吸血鬼の女の子と出会って、仲良くなって、拉致《らち》されて、吸血鬼の屋敷で働くことになって。

ゴールデンウィークから怒濤《どとう》の展開すぎて未《いま》だに現実感がない。なんだか半分夢でも見ている気分だ。

それに……吸血された時のトロトロに蕩《とろ》けた表情とか、甘い匂《にお》いとか、柔肌《やわはだ》の感触とかを思い出すと男子としてはたまらないものがあって……。

悶々《もんもん》としていると、バスが目的のバス停に停《と》まった。

そこで降りてさらに少し歩くと、テトラの住む屋敷が見えてくる。

あらためて見ると、絵に描いたような『吸血鬼のお屋敷』だ。

外は高い塀に囲まれ、正面には鉄柵の正門が見える。

事前に言われていたようにインターフォンを鳴らすと、メルの声で返事があった。

門が解錠され、史郎はそのまま屋敷に向かう。

「おかえりなさいませ、シロー様」

玄関の扉を開けるとメルが出迎えてくれた。帰ったらメイドさんが出迎えてくれるというのも、なかなかすごい体験である。

「た、ただいま。……なんかちょっと、気恥ずかしいですね」

「ふふ、そのうち慣れますよ。シロー様のお荷物はすでに届いているので、後で確認をお願いします」

「あ、はい」

史郎がこの屋敷に住むと決まってまだ一日経《た》っていないのだが、もう引っ越しの段取りは全《すべ》て終わったらしい。簡単に連絡事項を伝え、メルは最後にくすりと笑って付け加える。

「お嬢さまが首を長くしてお待ちですので、お荷物を置いたらお部屋まで行ってあげてくださいね？」

「テトラさんが？」

なんだろうと思ったが、史郎は荷物を置くと言われた通りテトラの部屋に向かう。

テトラの部屋をノックすると、中から「どーぞー」とテトラの気だるそうな声が聞こえた。

扉を開けると、テトラはぬいぐるみを抱いてベッドに寝転んでいた。なんだかすっかりだらけきっている。

「なんですかメル〜、今日のお勉強は終わったはずですよ〜？」

テトラがそう言いながら史郎に眼を向ける……と、入ってきたのが史郎だと認識した瞬間、目にも留まらぬ早さで居住まいを正してベッドに座り直した。

「こ、こほん。シローでしたか。おかえりなさい」

「ただいま。……どうしたのテトラさん？　なんかすっかりだらけきってたけど」

「み、見なかったことにしてください！　貴族の娘があんなだらけた姿を男性……それも人間に見られるなんて醜態なのです！」

そうは言っても、史郎は血を飲んでふにゃふにゃになったテトラを何度も見ているので今さらではある。

そうしていると、いつの間にか後ろに来ていたメルが言葉を添えた。

「お嬢さまは現在、お仕置き期間の真っ最中なのです」

「お、お仕置き？」

「はい。お嬢さまが先日、お仕事を嫌がって家出したのはご存じですね？　その件でお母様から『貴族の娘が仕事を放棄して家出するなど言語道断』とお叱りを受けて当面の間、趣味の漫画やアニメなどを禁止されているのです」

メルの言葉を黙って聞いて、テトラは唇を尖《とが》らせながら小さく呟《つぶや》いた。

「何がお仕置きですか。……もうずっと、顔も見に来ないくせに」

その言葉には寂《さび》しさが滲《にじ》んでいる気がして、史郎は胸がチクリと痛むのを感じた。

「ふん。それでやることなくて暇してたんです。少し前まではクロと遊んでましたが寝ちゃいましたし。そんなわけでシロー？　ご主人様として命令です。テトラの暇潰《つぶ》しに付き合うのです」

「う、うん。それはいいけど……何して遊ぶ？」

「それはシローが考えてください。テトラは人間の遊びとか詳しくないのです」

「そ、そっか。うーん」

史郎は考える。

ゴールデンウィークの時のように街に繰り出すのは、明日も学校だし体力的にも時間的にもちょっと厳しい。

家の中で遊ぶというのも、テトラぐらいの女の子とどう遊べばいいかわからない。

となると家の近くや庭などでできる遊びになるが……と、史郎の頭に昔やっていた遊びが思い浮かんだ。

「暗殺ごっこ」

「……今何やらものすごく物騒な単語が聞こえたんですが気のせいですか？」

「いや、そんな物騒な遊びじゃないよ。鬼ごっこって知ってるかな？　あれと似た遊びで、何やってもいいから相手の背中にタッチした方が勝ち。簡単でしょ？」

「ふぅん……、まあ確かに、物騒な感じではありませんね？」

「うん。僕のひいおじいちゃんが昔なんとか部隊っていうところで働いてたんだけど、そこで訓練の一環としてやってたゲームなんだって」

「「…………」」

『それってもしやガチの暗殺の訓練なのでは？』テトラとメルが引きつった顔をしているが史郎は気づいていない。

「えっと、どうかな？　テトラさんは身体を動かす遊びとか苦手？」

「……ふん。まあいいですよ。ちょっと遊んでやるです」


そうして、メルも加えた三人では屋敷の庭へ出た。

屋敷の庭は広く、芝生が敷き詰められている。所々に木や物置などの遮蔽物《しゃへいぶつ》もあり、鬼ごっこのような遊びをするにはうってつけだろう。

「暗殺ごっこはお互い見えないところからスタートするんだ。僕が遠くで笛を吹くから、その音が聞こえたらゲームスタートね」

「いいですよ。どこからでもかかって来やがれです」

史郎は屋敷を挟んで庭の反対側へと消えていく。

それを見送って、メルはテトラに声をかけた。

「珍しいですね。最近はこんな風にお外で身体を動かすことなんてなかったのに」

「ふふん。あいつはどうもテトラのこと妹みたいに扱って調子乗ってるみたいですからね。こらでどっちが上かわからせてやるのです」

太陽の方を見るともう山向こうに沈んでいる。ここからは吸血鬼の時間だ。

初めてやる遊びではあったが、テトラはこのゲームに絶対の自信があった。

そもそも肉体の性能が全然違う。夜の吸血鬼は人間の数倍の身体能力を発揮するし、真っ暗闇《くらやみ》の中でも月明かりさえあれば問題なく周りを見通すことができる。

つまり逃げれば簡単に逃げ切れるし、追いかければ簡単に捕まえられるということだ。

そうしているとピーッと笛の音が聞こえた。テトラはぐるりと肩を回す。

「さぁて、どう料理してやりましょうかね」

「はいタッチ」

ぺしっと、史郎がテトラの背中を叩《たた》いた。

「……へ？」

何が起きたかわからず、テトラは眼をぱちくりさせていつの間にか後ろにいた史郎を見る。

「ま、待つです⁉　お前なにかズルしやがりましたね⁉」

「あ～……お嬢さま？　シロー様は何もズルしてません」

少し離れた場所で見ていたメルが、苦笑いしながらそう言った。

「笛が鳴った後、シロー様は猛ダッシュでお嬢さまの後ろに回りこんでタッチしただけです。……全力で走ってるのになんの気配も無くて、正直気持ち悪かったです」

「さっき言ってた僕のひいおじいちゃん。部隊を引退した後はマタギになって、僕もよく狩りに連れて行ってもらってたから。音とか気配の消し方には自信があるんだ」

「ぐ、ぐぬぬ。卑怯《ひきょう》ですよシロー！　そんな不意打ちみたいなことするなんて！」

「いや、最初から『ハンデつける？』とか言ったらテトラさん怒るかなって。それでえっと……ハンデつける？」

「ふ、ふん！　今のは油断しただけです！　人間相手にハンデなんて意地でもつけないですから！」

史郎としては、ハンデを促すために実力を示したのだがそれが逆にテトラの闘争心に火を点《つ》けてしまったようだ。

苦笑いしつつ、さらに二回戦三回戦と続ける。

結果は……お察しの通りだった。

「ぜぇっ……はあっ……なんで……なんで……勝てないんですか……？　おかしいじゃないですか……」

史郎は音もなく背後に回り込んでくるし、追いかけてもパルクールの要領で屋敷の壁を駆け上がったりして簡単にまかれるしでまったく歯が立たなかったのだ。

「お疲れテトラさん」

芝生に大の字で寝転がるテトラ。史郎は心配そうにテトラの顔を覗《のぞ》き込んだ。息も絶え絶えなテトラに対し史郎は涼しい顔をしている。

そんな史郎に、テトラは不機嫌そうにぷうっと頬《ほお》を膨らませた。

「喉《のど》渇きました。腕、出してください」

「え？　わわっ⁉」

テトラは起き上がって史郎の腕を摑《つか》むと、負けた腹いせなのかいつもより乱暴にがぶっと噛《か》みつく。

「ん……ちゅ……」

さっきまで不機嫌そうにしていたテトラだが、走り回って喉が渇いていたのか夢中になって史郎の血を飲んでいた。

「美味しい？」

「ん……おいしー、です」

テトラはそう言いつつ口を離す。そして今度はまるで、小さい子が抱っこするのを求めるように腕を伸ばしてくる。

「しろー、こんどは首筋からがいいです」

「はいはい」

正直メルが見ている前でやるのは恥ずかしいけれど、甘えてくれるのが嬉《うれ》しくてつい二つ返事で受け入れてしまった。

史郎が受け入れると、テトラは嬉しそうに史郎を抱きしめて首筋にかぷっと噛みついてくる。

「ん……♡」

幸せそうに血を飲むテトラ。なんだか小動物に甘えられている気分だ。

しばらくすると満足したのかテトラは腕を緩め、ポテッと芝生に倒れ込んだ。

なんとなく、史郎も隣に倒れ込む。

「風がきもちいいです……」

もうすっかり日が落ちていて、そよそよと風がそよいでいる。テトラは芝生に横になったまま気持ちよさそうに眼を閉じていた。

「どうだった暗殺ごっこ。楽しかった?」

「……ぶー。とんだクソゲーなのです。けっきょく一度もかてませんでした」

「ご、ごめん！　手を抜いたりしたらテトラさんに悪いかなって！」

「……でも」

テトラはころんと寝返りを打ち、史郎の方を見た。

「しろーといっしょにあそぶのは、とってもしあわせな時間でした」

そう言って手を伸ばし、愛《いと》おしそうに史郎の頬を撫《な》でる。胸が高鳴るのを感じる。

「……テトラが家族とほとんどあったことがないっていうの、はなしましたよね?」

「……うん」

「テトラはうまれた時からそうだったから、あこがれなんです。いっしょにくらして、いっしょにあそんで……そういう弟みたいな相手がいたらいいなって」

テトラはそう言って柔らかい笑顔を浮かべた。

「だからしろー。これからも、テトラと仲良くしてくださいね?」

普段のテトラがなかなか見せてくれない無防備な笑顔が可愛すぎて、史郎はつい視線をそらせてしまう。

しかしそんな史郎の態度に、テトラの表情が曇ってしまった。

「どうして眼をそらすです……?　テトラと、なかよくしてくれないですか……?」

「い、いやそうじゃなくて!　その……テトラさんの笑顔が、可愛すぎて……」

その言葉に、テトラは眼をぱちくりさせた。

「テトラ、そんなに可愛いですか?」

「う、うん」

「……えへへ、うれしいです~♪」

テトラはふにゃふにゃな笑顔を浮かべている。可愛い。

そうしていると、テトラが史郎に両手を伸ばしてきた。

「じゃあしろー？　あそんでくれたごほうびに、可愛いテトラをぎゅーってしていいですよ？」

「い、いやそんないいよ!?」

「だーめーでーすー。テトラのこと、ぎゅーってすーるーでーす～」

そう言ってテトラの方から抱きついてくる。

仕方なく史郎もテトラの身体をぎゅっとすると、テトラは嬉しそうに「えへへ♡」と微笑《ほほえ》んでぐりぐりと史郎の胸に頭を押しつけて甘えてくる。

女の子を抱きしめているというドキドキも確かにあるのだけど、それ以上に小動物に甘えられているような感覚で、胸がぽかぽかしてくる。

「ん……なんだか、ねむたくなってきました……」

「いっぱい走り回ったもんね。自分の部屋まで行けそう？」

「う～……むりです。しろー、おんぶしてください」

「はいはい」

テトラの身体を離しておんぶする体勢になると、テトラが背中にくっついてくる。

背中に当たる柔らかい感触に足がもつれそうになったが、なんとか踏ん張った。

テトラの方を見ると、もう安らかな寝息を立てている。

そんなテトラにメルがそっと上着をかけてくれた。

「お嬢さま、本当にシロー様に懐いてますね……」

「まあ、甘えてくれるのは酔っぱらってる時だけですけどね」

「……酔っぱらってしまうぐらい、シロー様の血は美味しいのですね」

チラリと、メルが史郎の吸血痕に眼をやった。

テトラが史郎の血を飲んだ時に酔っぱらってしまうのはメルにも相談したのだが、とりわけ美味しい血を飲むとそうなってしまうことがあるそうだ。

まだかすかに滲んでいる血に、メルがゴクリと喉を鳴らすのが聞こえてしまった。

「えっと、よかったらメルさんも飲みます？」

「……シロー様。他の吸血鬼が所持している人間へのお手つきは御法度《ごはっと》です。最悪殺し合いにすら発展しかねないので二度と言わないでください」

「ご、ごめんなさい」

わたわたしている史郎に、メルはくすりと笑みをこぼす。

「……お嬢さまがシロー様に甘えているのは、何も酔った勢いだけではないと思いますよ？」

「え？」

メルは愛おしそうに、史郎の背中で眠るテトラを見つめる。

「シロー様はおおらかというか、遠慮しなくていい雰囲気があると思うんです。甘えさせ上手……とでも言いましょうか」

「甘えさせ上手……」

メルの言葉に史郎は苦笑いする。

だが表情を引きしめて、気になっていたことを聞いてみた。

「あの……テトラさんって、ご家族と仲が悪いんですか？」

「……良い悪いという以前の話ですね。向こうにいた時はそういう状況ですらありませんでしたから」

「そういう状況じゃないって……」

「ヴァルフレア家は吸血鬼の三大貴族の一つ。吸血鬼の存亡に責任を持つ立場の家です。……テトラ様が生まれたのは吸血鬼と人間の間で戦争が起こる寸前という時期でした」

そうしてメルは簡単に異世界でのことを教えてくれた。

テトラが生まれたのはちょうど人間との争いが激化していた時期で、万が一にもヴァルフレア家の血が根絶やしにされるのを避けるため、テトラは親元を離れて地方に隠れ住んでいたそうだ。

親の顔もろくに覚えておらず、周りにいるのは世話役のメルだけ。そのメルも様々な仕事に忙殺され、テトラは幼少時代ほとんど一人で過ごしていたらしい。

「……友達とかは、いなかったんですか？」

「……いた時期もありましたが、その方は行方《ゆくえ》不明になりました。遺体は確認していませんが、おそらくはもう亡くなられています」

メルの言葉に史郎は言葉を詰まらせる。

「仕方のないことです。我々がいた世界はこちらと比べて過酷な環境でしたから。子供が一人いなくなるなど日常的なことでした。ただそれ以来、お嬢さまは……」

メルは切なげに言いながら、史郎に背負われたテトラの頭をそっと撫でる。

そして姿勢を正して史郎に頭を下げた。

「シロー様。ぶしつけなお願いではありますが、これからもお嬢さまのこと、よろしくお願いします」

「……はい！」

史郎は力強く返事する。そうやってお願いされるのは、なんだかメルに認められた気がして嬉しかった。


そのままテトラを部屋まで運び、ベッドに寝かせる。

テトラはすやすや眠っていて、あどけない寝顔がとても可愛らしかった。

そんな寝顔を見ていると、幸せになってほしい。哀《かな》しい思いをしてほしくない。そんな気持ちが湧《わ》いてきて、軽く頭を撫でた。

（……なんか、これじゃ友達じゃなくてお父さんみたいだな）

自嘲気味に笑って、史郎は部屋を後にするのだった。

# 幕間

テトラと史郎《しろう》が一緒に暮らすようになって半月ほど経《た》った頃。


テトラはサクサクと、雪の積もった森を歩いていく。

手がかじかんで、はーっと息を吹きかける。その手は今よりも一回り小さい。

しばらく歩いて、広場のような場所に出た。そこはテトラのお気に入りの遊び場で、いつもはここで一人で遊んでいる。

ただ、今日は先客がいた。

「……人間の、男の子？」

広場に、知らない人間が倒れていたのだ。

この辺りでは珍しい黒髪で、雪道を歩くにはあまりにも薄着な男の子。

周りを見回してもその子の保護者らしき人はいなくて、しかもその子は顔がまっ青で、明らかに死にかけている。

「た、たいへん！」

テトラはその男の子を背負うと、家に向かって駆けていった。

それはテトラがまだ幼い頃、親元を離れてメルと共に人間から隠れ住んでいた時の夢だ。

当時のテトラはとても素直で、人懐こくて、おてんばだった。

メルは忙しくてあんまり遊んでくれなくて、テトラはよくメルの眼を盗んで、屋敷の外に広がる森に遊びに出ていた。

そんなある日、森で人間の男の子を拾った。

「駄目です。元いた場所に返してきなさい」

「やだ！　ちゃんとお世話するから！」

家に連れて帰ったが、メルは最初人間を飼うのに反対だった。

「お嬢さま。我々は今、人間から身を隠して暮らしているところなんです。そんな我々が子供とはいえ人間を飼うというのは……」

「じゃ、じゃあ私が吸血鬼《きゅうけつき》ってわからないようにするから！」

子供の頃のテトラの羽は今よりも小さくて、しかも着ているのは分厚い防寒着。マフラーで口元を隠して牙《きば》と羽が見えないようにすれば、人間の振りをすることも難しくなかった。

ただ……。

「私の名前はテトラ＝フォン＝ヴァルフレア。あなたのお名前は？」

「□□□。□□□□？」

テトラが一生懸命看病した甲斐《かい》もあって、男の子はすぐに元気になったのだが……言葉がまったく通じなかったのだ。

男の子もまったく状況がわかっていないようで、親がいなくて寂《さび》しいのかわんわん泣き出すし、メルもほとんど手を貸してくれない。

それでもテトラは頑張って男の子の世話を続けた。

「いい？　私のことはお姉ちゃんって呼んでね？」

「□□□□？」

「違う違う、お姉ちゃん」

「□□□お姉ちゃん？」

「そう！　ほらもう一回、お姉ちゃん」

「お姉ちゃん！」

元々明るくて人なつっこいテトラはすぐに男の子と仲良くなった。お世話するうちに情が移って、まるで弟ができたみたいに可愛《かわい》がった。

その男の子のことが大好きで、一緒に遊ぶのが楽しくて……もしかしたら、あれがテトラの初恋だったのかもしれない。

たが、別れは唐突に訪れた。

「どこ、行ったの……?」

男の子がいなくなってしまったのだ。まるで突然消えてしまったかのように、痕跡も残さずいなくなってしまった。

だがこの世界では子供一人いなくなるのも珍しくない。人攫《ひとさら》いに攫われたならまだいい方で、森のどこかで凍え死んだりモンスターに捕食されたというのも十分に考えられた。

メルも探すのに協力してくれたものの三日も経つ頃にはすでに男の子は死亡したと結論づけた。

――そこで終わっていたならまだよかった。

テトラは諦《あきら》めず、人間の街まで男の子を探しに行ってしまったのだ。

街の人に聞いて回ると、すぐに男の子を保護しているという男が現れた。

テトラは大喜びして、疑いもせず男の後をついていき……捕まった。

路上生活者が大勢たむろしている裏路地まで連れ込まれ、物陰に隠れていた男に頭を思い切り角材で殴られた。倒れたところを馬乗りになられて、腕を縛られた。

『助けて』と叫んだけど誰《だれ》も助けてくれない。それどころか大勢の男に囲まれて、殴られて、これ以上騒いだら殺すと脅されて……頭に袋を被《かぶ》せられた。

――テトラはそのまま人買いに売り飛ばされた。

吸血鬼に何をしても、法で罰せられることはない。

それに吸血鬼は見目麗《みめうるわ》しい者が多く、特に女子供は人間の貴族の間で高値で取引されていたのだ。

『これは上玉だな。高く売れそうだ』

『さすがに幼すぎるんじゃないか?』

『ばーか。貴族の変態どもはこれくらいの方がいいんだよ』

『身体に傷をつけるなよ。大切な商品だ』

手荒なことはされなかった。

だが狭い檻《おり》に閉じ込められ、人間達に下卑《げび》た視線を向けられるのは幼いテトラの心にトラウマを刻みつけるのに十分だった。

幸い、大事に至る前にメルが助けに来てくれて事なきを得た。しかしそれ以来、素直で人懐っこい性格だったテトラは変わってしまった。

†

「にゃーん?」

どことなく心配そうな、猫の鳴き声がした。

「う……ん……？」

テトラはベッドの中で眼を開ける。すると目の前には愛猫のクロがいて、ジッとテトラの顔を覗《のぞ》き込んでいた。

「なーお……」

クロは顔を近づけると、テトラの目元をペロリと舐《な》める。それでテトラは自分が泣いていたことに気づいた。

「心配して起こしてくれたんですか？　……ふふ、ありがとうございます、クロ」

微笑《ほほえ》んでクロの頭を撫《な》でる。久しぶりに、幼い頃の夢を見ていた。

ベッドの上に座り直し、夢の内容を思い出す。

あの一件以来、テトラは他人に対して壁を作るようになった。

また大好きな人がいなくなるのが怖くて、突き放すような言動をするようになって。

いつしかそうすることが自然になって、……友達の一人もできなくて……。

……と、その時だ。コンコンと、ドアをノックする音が聞こえた。

「テトラさん、起きてるー？」

「え、ちょ、ちょっと待ってください！」

史郎の声にテトラは慌てて服の袖《そで》で涙を拭い、パタパタ立ち上がって鏡で自分の顔を確認しに行く。

幸い涙の痕は残っていない。ベッドに座り直して居住まいを正し、何事もなかったような顔で「どーぞ」と声をかける。

ガチャリとドアが開き、史郎が顔を覗かせた。

「おはようございます、テトラさん」

「うん。メルさんが……テトラさん大丈夫？　なんか、元気ない？」

「……別に、何でもありません。気のせいじゃないですか？」

ポーカーフェイスを保っていたのにあっさり見抜かれて、テトラはそう誤魔化《ごまか》そうとする。

だがそこでクロが低く「なおー……」と鳴いた。

するとたちまち史郎の顔が曇って、心配そうにテトラの顔を見つめる。

「……テトラさん、泣いてたの？」

「え⁉　な、なんでわかったですか⁉」

「いやだって、クロが『テトラさん泣いてたよ』って教えてくれたから……」

「……だからお前はナチュラルに猫語を理解するなです」

テトラは仕方なさそうにため息をつく。

「……別に、ちょっと昔の夢を見てただけですよ」

「あの……テトラさん、よかったら話、聞いてもいいかな……？」

「……聞いても楽しい話じゃないですよ？」

そう言ったが、史郎は心配そうな表情のままだ。

「……はあ。いいですよ、こっち来るです」

そう言って、テトラはポンポンとベッドの隣を叩《たた》く。

「テトラが小さい頃、仲のいいお友達がいたんです。でもその子がいなくなっちゃって……」

史郎が座るとそうやって要点をかいつまんで話し始める。

『話してもいいかな？』なんて思ったのはテトラの気まぐれだった。

史郎があまりに誠実に心配そうな眼を向けてくるから、それに応《こた》えないのは不誠実かなとなんとなく思っただけ。

もうずいぶん前の話なので心の傷も癒えている。そう思って史郎に諸々《もろもろ》のことを簡単に話したのだが……。


「づらがっだねえ゛え゛えええ……」

話し終わると史郎が号泣していた。あまりの号泣っぷりにテトラの方が引いていた。

「い、いや、そんな大泣きするほどの話でもないでしょう？」

「だってテトラさんが……テトラさんがぁ……」

むせび泣いている史郎の背中を撫でながら、『テトラ、何やってるんでしょう……?』と苦笑いする。……けれど不思議と嫌な気分じゃなかった。

少しして、史郎はごしごし涙を拭くとテトラの手を取った。

「僕、絶対テトラさんのこと大切にするから!」

急に手を握られて眼を丸くしているテトラに史郎は力強く宣言する。

「テトラさんのこと大切にする。ずっとずっと友達でいる。だから……」

「はいはいわかった! わかりましたから!」

なんとなく照れくさくて、ついぶっきらぼうに返事した。

けれど史郎は真《ま》っ直《す》ぐにこちらを見てくる。

その眼は澄んでいて、疑うのが馬鹿《ばか》らしくなるぐらい真っ直ぐで、心から自分のことを想《おも》ってくれているのが伝わってくる。

史郎の姿と、記憶の中の男の子の姿が重なる。

……もしあの子が今も自分の隣にいて、こう言ってくれたら。そんなことが一瞬頭によぎって……。

「……あ、あれ?」

テトラの眼から涙がこぼれ落ちていた。

「え? な、なんで?」

自分でもなんで涙が溢《あふ》れてきたのかわからなかった。慌てて服の袖で拭うが、止まらない。

そんなテトラを見て、史郎は腕を伸ばすとテトラをぎゅっと胸に抱きしめた。

「こ、こら！　セクハラですよ！」

文句を言っても史郎は離してくれない。

史郎の身体は温かかった。トクントクンと心臓の音が伝わってくる。それがなんだか心地いい。

「…………」

半分無意識に、テトラの方からも史郎を抱き返した。

すると史郎もさらに強くぎゅっと抱き返してくれる。

それが心地よくて、幸せで……何故《なぜ》だかどんどん涙が溢れてくる。

「……ぐす……ひっく……」

しまいにはしゃくり上げ始めたテトラを、史郎は優しく撫でてくれる。

恥ずかしいのだけど、涙は全然止まってくれなくて……テトラはそのまま史郎の胸で泣き続けた。

「……大丈夫？」

「へいきです」

しばらく泣いて、ようやく涙が止まると史郎が離してくれた。ぶすっとした顔で史郎を見上げる。

「断りもなく女の子をハグするなんてセクハラです」

「ご、ごめん⁉」

「ふん。今夜の吸血の時はたっぷり吸ってやりますから覚悟しててください」

なんだか恥ずかしくて、不機嫌な振りをしてぷいっとそっぽを向く。

ずっと心の中にあった、自分さえ気づかなかった傷をこんな風に暴《あば》かれるなんて思わなかった。

思えば初対面の時も話しかけるなオーラを全開にしていたのに構わず話しかけてきた。

空気が読めてないというか、史郎はこちらがどれだけ分厚い壁を作っていても、スルリとこちらの懐《ふところ》に入ってくる。

最初はそれをうっとうしいと思っていたけど、それがだんだんと嫌じゃなくなって。

今は、こうして一緒にいるのが心地いい、なんて……。

チラリと史郎を見ると、史郎はジッとテトラの顔を見ていた。

「な、なんですか？　テトラの顔に何か付いてますか？」

「ううん。……テトラさん、元気になったみたいでよかったなって」

そう言って、史郎は心から嬉《うれ》しそうに笑ってくれた。

瞬間、テトラは胸がドキッと高鳴るのを感じた。

（…………いやドキッてなんですか⁉）

テトラはたちまち真っ赤になった。一瞬でも史郎相手にときめいたなんて認めたくなかった。

「テトラさん？」

「ち、違います！　テトラはそんなにチョロくないんですから！」

「え？　ちょろ？」

「～～っ。な、何でもありません！　何でもありませんから！」

『がおー』と吠《ほ》えてごまかした。顔が熱くて、頬《ほお》を膨らませて史郎を睨《にら》む。

「……お前は、何かそういうエピソードとか、ないんですか？」

「え？」

「テトラだけこういう話したの不公平です！　お前も何かあるなら吐きやがるです！」

恥ずかしさを誤魔化すためにそんなことを言った。すると史郎は頬を赤くして視線を泳がせる。

「えっと……ないこともないけど……」

「お。何です？　聞いてあげるから話してみるです」

史郎の反応にテトラが興味を持ってそう言うと、史郎は「小さい頃の話だからあんまり詳しくは覚えてないよ？」と前置きして話し始めた。

「僕の実家の裏山。地元の人には霊山なんて呼ばれてるんだけど、小さい頃そこで神隠しにあったんだ」

「……いきなりぶっ込んできましたね」


そのまま史郎は話し続ける。

史郎が小さい頃、裏山で遊んでいると急に、見たこともないくらい濃い霧に辺りが包まれたらしい。

伸ばした手が見えなくなるほどの濃霧。怖くて、ほとんど手探りで帰ろうとしたけどいつの間にか周りの風景は雪景色に変わっていた。

寒くて、まともな防寒着を着ていなかった史郎の身体はあっという間に冷えて、手も足も凍り付きそうで、倒れて、動けなくて……このままでは死んでしまうと思ったその時だ。

「……ΔΘΨ、ΩΡΥΣΛΩΔΘ？」

声が聞こえた。そちらに視線を向けると、自分と同年代の女の子が自分の顔を覗き込んでいた。

「たす……けて……」

「Δ、ΔΡΘΣΛΥΨΩΠ！」

なんて言っているかはわからなかったけど、助けを求めているのは伝わったようだ。その女の子は史郎を背負うと、一生懸命家まで駆けていった。

それから、元気になるまでその女の子がつきっきりで史郎の世話をしてくれた。

寒がりなのか、家の中でもいつもマフラーをした可愛くて優しい女の子。

帰り方もわからないし言葉も通じない。でもその子はいつも笑顔で優しくて、史郎もその子のことがすぐに好きになって、仲良くなった。


話を聞きながら、テトラは眼をまん丸にしていた。

(え？　……え⁉)

ここまでの史郎の話が、全部テトラが男の子に会った時の思い出と一致するのだ。

最初は史郎がふざけているのかとも思ったが、史郎はテトラが話していない部分まで知っていて、テトラの心の中は大混乱に陥《おちい》っていた。

「そ、それで？　それからどうなったんですか？」

「ごめん。最初に言ったけどほとんど覚えてないんだ。ただいつの間にか元いた場所に帰ってきてて……後でおばあちゃんに教えてもらったんだけど、神隠しにあった子供はいなくなってる間のことをほとんど思い出せないらしくて……」

「で、でもほら、何か思い出せませんか？　その史郎を助けたっていう女の子の特徴とか、名前とか」

「あ、うん。その子の名前だけは今でもはっきり覚えてるよ？」

史郎があっさり答えたので、テトラはホッとしたような、残念なような、複雑な気持ちになった。

はっきり名前を覚えているというなら、最初に自分が自己紹介した時に何か反応していたはずだ。それがなかったということはやはり別人なのだろう。

そう考えてテトラは続きを促す。

「ふーん。それで？　その子はなんて名前だったんですか？」

「『ネーフェ』ちゃんって名前だった」

「……ふぇ？」

テトラは間抜けな声を出した。

そして意味を理解すると、たちまちボッと顔を真っ赤にしてしまった。心臓がバクバクと暴れ出《だ》す。

「ど、どうしたのテトラさん!?　なんか急に顔が赤く……」

「～～～っ！　～～～～～～っっ！　きゅ、急用を思い出しました！　今すぐ部屋から出てってください！」

「え、ええ？」

テトラはそうやって半ば強引《ごういん》に史郎を部屋から追い出した。

後ろ手に扉を閉めて、胸に手を当てて、そのままずるずると床にへたり込む。

――『ネーフェ』とは、テトラがいた世界の言葉で『お姉ちゃん』という意味なのだ。

そしてテトラは、件《くだん》の男の子に自分のことをお姉ちゃんと呼ばせていた。

（シ、シローがあの時の男の子……？）

まだ半信半疑ではあるけれど、状況的にそうだとしか思えない。

大好きなお友達で、幼馴染《おさななじみ》みで、自分の初恋かもしれない男の子。もし本当に史郎とあの子が同一人物なら、自分達はあまりにも運命的な再会を果たしていたわけで……。

（べ、別にまだそうだと決まったわけじゃないですし！　そ、そうだったとしても何だっていうんです！　あれは子供の時の話だし、今さら再会したからってそんな……）

頭ではそんなことを考えているけれど、心臓はもうバクバクと痛いぐらいに高鳴ってしまっている。

（だ、だから違いますから～～～っ！）

テトラはその日、ベッドで一日中ジタバタして過ごすのだった。

# 八話　吸血鬼とデート

史郎《しろう》がテトラの屋敷で暮らし始めて一カ月が経過した。

「ただいまー」

そう言って屋敷の玄関の扉を開ける。屋敷に帰ってきて『ただいま』と言うのもずいぶん慣れてきた。

「シロー、お帰りなさい」

屋敷の奥からパタパタとテトラがやってきた。そして帰ってきたばかりの史郎の腕をグイグイ引っ張る。

「ほら、早くテトラの部屋に来るです。いっぱい練習したから、今日こそテトラが勝ちますからね」

先日メルが二人で遊べるようにとゲームを買い与えてくれたのだが、テトラはすっかりそれにはまってしまっていた。史郎が帰ってくるとこうして勝負を挑んでくる。

動機はゲームがしたいからだというのはわかっているけど、こうやって学校から帰ってくるのを待っててくれるのは正直嬉《うれ》しい。

テトラの部屋に入ると、早速とばかりに携帯ゲーム機を渡される。

そして二人でベッドに並んで腰掛け、プレイを開始した。

「今日こそは負けないいんですから」

やるのは某配管工のレースゲームだ。テトラはスタート直後からアクセル全開で第一コーナーに突っ込んでいき……曲がりきれず大クラッシュを起こしていた。

テトラははっきり言ってゲームが下手だった。同時に始めた史郎に全然勝てない。

けれど異世界から来たテトラにとってはゲームを操作すること自体が楽しいようで、毎日史郎に相手をせがんでくる。そして負けても楽しそうにしているテトラの相手をするのは史郎にとっても楽しかった。

「まーちーやーがーるーでーすー!」

ゲームの中では、テトラが操《あやつ》る緑の恐竜がキノコを取って爆走している。

急カーブのたびにテトラの身体が左右に揺れる。どうもテトラはレースゲームなどで身体も一緒に動いてしまうタイプのようだ。

そして急カーブを曲がるとき、テトラがコテンと史郎の膝《ひざ》に倒れ込んできた。

突然降って湧《わ》いたテトラを膝枕《ひざまくら》するというシチュエーション。

つい動揺してしまって、史郎の操作するキャラがコースアウトして海に真っ逆さまに落ちていく。

結局そのロスがたたって、ついにテトラは史郎に初勝利を収めた。

「ふふん、テトラの勝ちですね、シロー？」

「うん、そうだね」

仰向《あおむ》けになって史郎を見上げながらどや顔を決めるテトラに、史郎は微笑《ほほえ》みつつそう返す。

「むう……お前はもっと悔しがりやがれです。これじゃあテトラが子供みたいじゃないですか」

ぷうっと頰《ほお》を膨らますテトラが可愛《かわい》くて、史郎はそっとテトラの頭を撫《な》でた。

「ん……こら、くすぐったいですよ」

テトラはそんなことを言いつつも史郎の手を振り払おうとはしない。まんざらでもない様子で、頭を撫でられるのを受け入れてくれている。

史郎が撫でるたびに気持ちよさそうに眼を細めるテトラはまるで猫みたいで、ますます愛《いと》おしさが増してくる。

そうしていると……カシャッと音がした。

顔を上げるといつの間にか部屋に入ってきていたメルが二人にカメラを向けていた。どうやら写真を撮っていたようだ。慌ててテトラが起き上がる。

「ちょっ⁉　お前何撮ってやがりますかメル！」

「お母様への報告です。人間とどのように暮らしているか報告するように言われているので」

「だ、だからってよりにもよってさっきみたいなところ撮らないでくださいよ！」

「いえいえ、こういうのは油断したところを撮ってこそですよ。ふふ、お嬢さま、最近はすっかり昔の甘えん坊だった頃に戻っちゃってますね」

顔を真っ赤にするテトラに、メルはクスクス愉快そうに笑う。

「にしても本当に、お二人とも仲が良いですね。まるでお兄さんと妹みたいでとても微笑ましいです」

「な、何言ってやがりますか！　絶対テトラの方がお姉さんでシローが弟なのです！」

「あら、シロー様と姉弟《きょうだい》扱いされるのは別にかまわないんですね？」

「……〜〜〜〜っっ‼」

顔をさらに赤く染めてぷるぷる震えだしたテトラに、ここが潮時と察したのか「ところでですね」とメルはスッと話題を変える。

「今日はお嬢さまにいいニュースがあるんですよ」

「そんなこと言ってテトラは誤魔化《ごまか》されたりしませんからね！」

「お母様が、お嬢さまがスマートフォンを所持するのを認めてくださいました」

「……ホントですか⁉」

テトラはぱあっと表情を輝かせ、一瞬で機嫌が直ってしまった。ちょろい。

だがそれもそのはず、テトラは以前からずっとスマートフォンを欲しがっていたのだが、お母さんになかなか許可してもらえなかったのだ。

しかしここ最近は人間の世界に関する報告書をちゃんと出しているし、人間である史郎と仲良くやれているという点が評価されたらしい。

「ただし、最後に試練があります」

「試練……ですか？」

「はい。スマートフォンの契約はシロー様とお二人で携帯ショップまで行って、お二人でやってください。また、行くのは日中とします」

「へ？」

テトラは眼をパチリと瞬く。

「テ、テトラが自分で行くんですか？」

「はい。ヴァルフレア家の家訓『価値あるものには相応の対価を』というのは、翻《ひるがえ》って『望むものを得るには相応の試練を』ということでもあります。どんな物でも与えてもらうばかりでは成長はあり得ません。お嬢さまも、スマートフォンが欲しいなら相応の試練を乗り越えていただかないと」

「く、これもまたノブレスオブリージュですか」

「……ちょっと違うんじゃない？」

史郎は苦笑いしつつ、気になったことを聞いてみる。

「それはそうと、日中の外出って大丈夫なの？　吸血鬼《きゅうけつき》ってお日様の光とか苦手なんだよね？」

漫画に出てくる吸血鬼のように日光を浴びると灰になる……ということはないらしいが、実際の吸血鬼も日の光が苦手らしい。

何でも日光を浴びるとどんどん身体が衰弱していき、最悪の場合にはそのまま動けなくなって死んでしまうこともあるとか。

史郎が心配して訪ねると、テトラは以外と軽い調子で「大丈夫」と答えてくれた。

「ふふん。なんせテトラはデイライトウォーカーですからね」

「……デイライトウォーカー？」

「はい。吸血鬼の中でも特に日光への耐性が強い吸血鬼がそう呼ばれるのです。めったにいない特別な体質なのですよ？」

えっへんとばかりに胸を張っていたテトラだが、自嘲気味に笑うと小さくため息をついた。

「まあ、テトラが交流事業で日本に送られたの『お前なら人間社会で暮らしやすいだろう』って面もあると思うんでちょっぴり複雑な気分ですけどね」

「そっか……だけどそれなら、僕はその体質に感謝したいな。その体質のおかげでテトラさんと出会えたんだし……」

「よ、よくそんな台詞を恥ずかしげもなく言えますね」

テトラはほんのり頬を染めてそっぽを向く。

そんなテトラの反応にメルは「あら」と小さく声を上げた。

「ん？　メル、どうかしましたか？」

「いえいえ、なんでもありません。うふふ♪」

「？」

メルは嬉しそうにニコニコしつつ、史郎の方に視線をやる。

「耐性があると言っても完全に平気というわけではないですが、全身に特別な日焼け止めも塗るのでそこまで心配することはありません。そういうわけなのでシロー様、今度のお休みの日にでもお願いできますか？」

「あ、はい。わかりました」

「加えて……料金はこちらで払いますので、シロー様もご自身のスマートフォン、契約してきてくれませんか？」

「へ？　僕も？」

「はい。シロー様もスマートフォン、持ってませんよね？　今後連絡を取れないと何かと不便ですし。いい機会なのでお願いします」

「けど、料金を払ってもらうっていうのは……」

「シロー様、これは言わば業務に必要な支給品です。難しく考えず、仕事に必要な制服をもらったようなものとでも考えてください。……もっとも」

メルはそこまで言って、話が長くなってきたせいか、ダレて史郎にもたれかかっているテトラの様子に微笑ましそうに眼を細める。

「予想以上にお嬢さまと仲良くなっていただいたご褒美……というのもなくはないですが」

その言葉にテトラはまた顔を真っ赤にして史郎から離れた。

何はともあれ、今度の休日にテトラと二人でスマートフォンを契約しに行くことが決まったのだった。

†

携帯ショップの近くまではバスで向かう。

「これがバスですよね。乗るの初めてです」

そう言うテトラは、フード付きパーカーにリュックサックというスタイルだ。

元々は史郎の服だったが、吸血鬼と隠すのに便利ということで最近はすっかりテトラの外出着になってしまった。

窓際の席に座り、バスが動き出すとテトラは眼をキラキラさせ流れていく景色を楽しんでいた。

……最初に二人で街を歩いた時は終始緊張した感じだったのに、今はリラックスしてくれているのを感じる。

以前よりも自分のことを信頼してくれているからだろうか？　そんなことを考えて口元が緩むのを感じた。

しばらく走って次のバス停に停《と》まると、新たな乗客が乗り込んでくる。

「あれ？　紅月《あかつき》くんじゃん」

その声に顔を上げると、クラスメイトの杉崎《すぎさき》さんだった。

「す、杉崎さん⁉」

「奇遇だねこんなとこで」

「う、うんそうだね」

杉崎さんの視線が一瞬、隣に座るテトラに移る。だがすぐに史郎の方に戻った。おそらく、たまたま隣に座っただけとしか認識していないのだろう。

だが初対面の相手を警戒しているのか、テトラが史郎の服をキュッとつまんでいた。それに気づいた杉崎さんが眼を丸くする。

「紅月くん、そっちの子は？」

「えっと……し、親戚の子。田舎から遊びに来たんで街を案内してるんだ」

「ふーん。……こんにちは！　私は紅月くんの親友の杉崎っていいます、よろしくね！」

「…………テトラ＝フォン＝ヴァルフレアです」

テトラが呟《つぶや》くように返事をする。……思いっきり外国人の名前である。親戚とするには無理がある。

杉崎さんは眼をぱちくりさせてもう一度史郎を見た。

その視線が史郎の首筋の……まるでキスマークのような吸血痕に行った。

杉崎さんはにんまりと笑って、そっと史郎の耳元に口を近づけ囁《ささや》きかける。

「この子が例の紅月くんの恋人？」

「ち、ちちち違うから⁉　この子はえっとその……」

「外国の女の子捕まえるなんてやるねー♪」

「だ、だからちが」

「まあまあ。二人のデート、邪魔したりしないから今度話、聞かせてね♪」

そう言って、杉崎さんはニマニマしたまま後ろの方の席に行った。

一方、テトラはジトッとした眼で史郎を見ている。

「……何話してたんですか？」

「い、いや、大したことじゃないよ？」

「……お友達ですか？」

「うん。学校の友達」

「……女の子でしたね」

「う、うん」

「……かわいい子でしたね」

「そ、そうだね。……えっと、テトラさん？」

「……なんですか」

テトラはぷくーっと頬を膨らませていた。明らかに不機嫌になっている。

「な、なんで怒ってるの？」

「別に怒ってません。そうですよね。シローにだって友達の一人ぐらいいますよね。人間の、女の子の」

「え、えっと？」

「ふん。別に無理してテトラに付き合わなくてもけっこうですよ？　人間は人間同士、仲良くお話でもしてくればどうですか？」

「い、いいよそんなの。今日はテトラさんのお出かけに付き合うのが僕の仕事だし」

「ふん！　仕事、仕事ですか。そうですよね史郎がテトラと一緒にいるのはお仕事ですもんね！　ふん！」

テトラは不機嫌そうにそっぽを向いてしまった。

「あのさテトラさん……」

「……なんです」

「いや、その……もしかして、ヤキモチ焼いてるのかな……って」

「な……っ⁉」

こっちを向いたテトラの顔がみるみる赤くなっていく。

「だ、誰《だれ》がお前なんかに妬《や》きますか！　自惚《うぬぼ》れるのもほどほどにしてください！」

「ご、ごめん。ただその……確かに杉崎さんは友達だけど、僕にとって一番大切な友達はテトラさんで、だからあんまり気にしないでほしいっていうか……」

その言葉にテトラは眼をぱちくりさせた。そして真っ赤になったまま、また窓の方を向いてしまう。

「……そういうとこずるいです」

「え？　何か言った？」

「なんでもありません！」

テトラは結局、目的のバス停に着くまでこっちを向いてくれなかった。


その後二人は無事に携帯ショップに到着した。

ずらっと並んだスマートフォンから、どれがいいかを選んでいく。

「シロー、機種は同じものにしましょうね」

「同じもの？」

「はい。それなら何かわからないことがあっても教え合えますし」

「なるほど……じゃあ、おそろいだね」

「へ、変なこと言わないでください！　そういう意図で言ったんじゃありませんから！」

顔を真っ赤にして怒るテトラを、店員さんは「あらあらうふふ」と微笑ましそうに見ていた。

何はともあれ二人で初めてのスマートフォンを選び、契約のための手続きをする。

テトラは日本語を読むのはできるけど書くのは苦手ということで、あらかじめメルにもらっていたメモを頼りに史郎が書類を代筆する。

……テトラが、興味津々という感じで手元を覗《のぞ》き込んでくる。

「あ、あのー？　テトラさん？　そんなにまじまじと見なくても僕ちゃんと書くから……」

「ああ、これはテトラの勉強のためなので気にしないでください。自分のことぐらいは自分で書けるようになりたいですからね」

テトラはジッと契約書に記されていく文字を眼で追っている。

「にしても、シローは字がうまいんですね？」

「ああうん。僕のおばあちゃんが田舎で書道教室……上手に文字を書く練習会みたいなの開いててさ。僕も小さい頃から仕込まれてたから」

「ふぅん……」

しばらく一緒に暮らしてわかったが、テトラはなかなか勉強熱心だ。これも勉強と捉《とら》えているようで、熱心に史郎の書く内容を見ている。

ただ……顔が近いのだ。

ふわりと漂ってくる、女の子の甘い匂《にお》い。

その匂いと、この距離感。史郎の頭に否《いな》が応でも吸血した時のテトラが思い浮かんでしまう。

テトラの家で暮らすようになってから毎晩テトラに吸血させてあげているのだが、毎回酔っぱらって、甘えてきたり甘えさせられたりして……。

史郎も年頃の男子なので、やっぱりいろいろと思うことがあるわけで……。

「む？　シローどうしたです？　さっきから字がカクカクになってますよ？」

「う、うん。ちょっと緊張してるみたい」

「なんでですか？」

「それは……その……テトラさんとこんなに近くにいるとドキドキするというか……」

その言葉に、たちまちテトラは顔を真っ赤にして距離を取った。

「な、なな何をバカなことを言ってるですか⁉　やっぱりお前は変態なのです！」

「い、いや⁉　ぼ、僕も男なんだし、男っていうのはテトラさんみたいな可愛い女の子が近くにいるとドキドキするもので！　べ、別に僕が変態とかそういうのじゃなくて！」

「か、かわっ⁉　〜〜〜っ、も、もう！　わかりましたからさっさと続き書いてください！」

「は、はい⁉」

史郎は書類の方に意識を戻して、テトラは少し離れたところでぷしゅーと頭から湯気を出している。

「………」

だがしばらくすると、テトラがまたちょっとずつ近づいてくる。

「あ、あの、テトラさん?」

「勘違いしないでください。勉強のためですから」

そう言いながら、互いの二の腕が触れ合うぐらいの距離に座る。

史郎の心臓がドキドキ高鳴って、また字がカクカクしてくる。

その様子を、テトラはどことなく嬉しそうに見つめていた。


その後、二人は携帯ショップを出た。

スマートフォンを手に入れて高揚しているのか、テトラと二人並んでお喋《しゃべ》りしながら歩いて行く。そんな時間がすごく心地いい。

帰りのバス停が近づいてくる。けれど、史郎はそれをもったいないと感じてしまった。

屋敷でテトラとのんびりするのももちろん楽しいのだけど、こうして二人で外を歩くというのはまた違った楽しさがあって、それが終わってしまうのはなんだか寂《さび》しい。

だから史郎は、頑張って勇気を出した。

「あ、あのさテトラさん。えと、あの、その……よ、よかったらお茶しませんかっ⁉」

「へ？」

突然そんな提案をされて、テトラはまじまじと史郎を見る。

「喉《のど》渇いたですか？　飲み物ならその辺の自動販売機っていうので買えますよ？」

「いやそうじゃなくて！　その……デ、デートの……お誘い、なんだけど……」

「でーと？　……デート⁉」

その言葉の意味を理解したテトラの顔がみるみる赤く染まっていく。

「でででででデートってあれですよね。親しい間柄の男女が、一緒にどこかに出かけたりするあれですよね？」

「そ、そうだね」

「それってつまり……シローは、そういう意味で、テトラとお茶したいと？」

「う、うん」

テトラは顔を真っ赤にしたまま口をパクパクさせている。

「……あ、いやその……嫌ならいいんだよ」

「い、嫌じゃないです！」

テトラは慌てて否定する。だがすぐにハッとして、ワタワタし始める。

「あ、いや、嫌じゃないというのは嫌じゃないってだけの意味で決してテトラがお前とデートしたいというわけじゃなくてですね」

「う、うん」

「ああもう！……い、いいですよ。シローとデート、してあげても」

「ほ、本当に？」

「な、何度も言わせないでください！あとですね！　これはあくまでも普段お世話になっているご褒美的なあれで！　変な意味とかはなくてあくまでもお友達としてのデートですからね⁉　恋人としてのデートはまだまだ先ですからね⁉」

「……まだ？」

「〜〜〜っ！　い、今のは言葉の綾ですから！　いちいち反応しないでください！」

「ごめんなさい⁉」

そんなこんなあって、お互い落ち着くのにしばらくかかってしまった。

「それで、どこに行くですか？」

「……ごめん。なんにも考えてない」

「ノープランですか。仕方ありませんね。それじゃあ、適当にぶらぶらしましょうか」

「ご、ごめんね？」

「別にいいですよ。……シローとなら、一緒にぶらぶらするだけでも楽しいですし」

自分がどれだけ思春期男子をドキドキさせる言葉を吐いているのか気づいていないのだろうか、テトラはさらりとそんなことを言ってくる。


そうして二人は、言ったとおり二人でぶらぶらと街を見て回ることにした。

ウィンドウショッピングをしたり、おしゃれなカフェに入って休憩したり。

テトラも初めてのスマートフォンでいろんなところの写真を取ったりして楽しそうだった。

そうしてあちこち見て回って、楽しくて、冒険のような気分で普段は通らない通りにも入ってみたりして……。


——迷子になった。


「……シロー？」

「ごめんなさい⁉︎」

二人が歩いているのは街の中でもいかがわしいエリア……いわゆるホテル街だ。

頬を赤くしたテトラがジト目で睨《にら》んでくる。史郎は針のむしろのような気分で、買ったばかりのスマートフォンをチラチラ見ながらテトラを先導する。

地図アプリを使って帰りのバス停まで向かっていたのだが、どうやら地図アプリはそういうことまでは考慮してくれないらしい。デート中に思いっきり大人向けな場所に入り込んでしまった。

チラリと周りを見ると、カップルが多いし何やら妖《あや》しいグッズを売っているお店もある。目の前を歩いていた若いカップルがホテルに入るところを見て、何だか無性に恥ずかしくなったりもした。

とにかく早くこのエリアを抜けようと、歩く速度を速くする――が。

「きゃっ⁉」

テトラの足がもつれてバランスを崩した。史郎は咄嗟《とっさ》にそれを受け止める。

「ごめん。大丈夫？」

「は、はい……あれ？」

体勢を立て直そうとしたテトラだが、かくんと足から力が抜けてそのまま史郎の胸にもたれかかる。

「テトラさん？」

見ると表情も少しぼんやりしている。普段より息も荒い。

「もしかして、体調悪い？」

「……日の光を浴びすぎました……身体に力、入らないです……」

「……っ」

史郎は自分の迂闊《うかつ》さを呪った。テトラが日光に弱いのは知っていたのに、楽しくてついテトラのことを連れ回してしまったのだ。

「ど、どうすればいいのかな？」

「……どこか暗いところで休憩したいです。あと、日焼け止めも塗り直さないと……」

「う、うんわかった。えっと……」

近くにそういうことができそうな場所がないか視線を走らせる。

……真っ先に目に入ったのは、すぐ近くにあったラブホテルだった。

「…………」

「どうしましたシロー？　……あ」

テトラも史郎の視線を追って、顔を赤くする。

「ご、ごめん。どこか他のところに……」

「い、いいです、よ？」

「え」

「へ、変な意味じゃないですからね⁉　ただ、一度休憩しないと歩けそうにないですし、日焼け止めも塗り直さないとですし、他にそういうことできる場所、ありますか？」

「け、けど……その……やっぱりこういうところで二人きりになるのって、女の子には不安なんじゃないかなって……」

「何です？　こういうところに入ったらテトラに何かするんですか？」

「いやしないよ⁉　しないけど……」

「ふ、ふん。なら別に問題ありません。……お前がそういうやつじゃないって点は……まあ、一応、信頼してますから」

ぶっきらぼうな言葉ではあったけど、その言葉から本当に史郎の事を信頼してくれているのが感じられた。

そうしているとテトラが史郎の隣に移動し、腕にキュッと抱きついてきた。

「テ、テトラさんっ⁉」

「テトラだって恥ずかしいんです！　こ、こういう時は男性が男らしくリードしてください！」

そうして史郎も覚悟を決めて、二人はそのままラブホテルへと入っていった。


部屋に入ると、テトラはベッドに倒れ込んだ。

「あー気持ちいいです～……」

本当に体力の限界だったようで、枕《まくら》に顔を埋《うず》めてぐったりしている。

そんな疲れ切ったテトラの姿に、チクリと罪悪感を感じた。

「その、ごめんね。テトラさんが疲れてること気づかなくて」

「別に構いません。……テトラも、隠してましたし」

「え？」

「……だって、体調悪いなんて言ったらデート、終わっちゃうじゃないですか」

テトラは小さな声でそんなことを言う。

……それはつまり、テトラもデートが終わってほしくなかったということで……。

胸がドキドキする。テトラもどことなく恥ずかしそうに、枕に顔を埋めている。

なんとなく、二人の間に微妙な空気が流れる。

「ひ、日焼け止め！」

堪えかねたように、テトラが声を上げた。

「日焼け止め塗りますから、シローはいったん部屋から出ててください！」

「う、うん」

「……覗いたら怒りますからね？」

「覗かないよ⁉」

そうして、追い出されるように史郎は廊下に出た。

一人になって「はー」と息を吐く。なるべく意識しないようにはしているのだが、やはり二人きりだと緊張してしまう。

ましてやここはラブホテルである。

こんなところに女の子と二人でいるというのは思春期の男子にはやっぱり刺激が強すぎて、悶々《もんもん》とした気分になってしまう。

そうしてしばらく部屋の外で待っていると、扉が薄く開いた。

「あ、テトラさん。終わった？」

「…………」

テトラは答えない。何故《なぜ》か扉の隙間《すきま》からジッと史郎を見ている。その顔は妙に赤かった。

「テトラさん？」

「……とりあえず、入ってください」

許可をもらうと、史郎はさっさと部屋に飛び込む。廊下で待っている間、すれ違うカップル達がじろじろこちらを見てきてかなり居心地が悪かったのだ。

だが部屋に入ってホッとしたのもつかの間、眼に入ってきた光景に史郎は小さく悲鳴を上げた。

「テ、テトラさんっ⁉」

テトラが、服をちゃんと着ていなかったのだ。

スカートは履《は》いているが、上半身は下着も含めて全部脱いでいて、脱いだパーカーで胸元《むなもと》を隠しているという状態だ。慌てて史郎は壁の方を向く。

「な、なんでそんな格好なの⁉」

「……日焼け止め、いつもはメルに塗ってもらってるんですけど……背中とか羽、うまく塗れなくて……」

テトラは顔を真っ赤《まっか》にしてもごもごとそんなことを言う。

「えっと、要するに……僕に日焼け止め、塗ってほしいってこと？」

「…………はい」

史郎の言葉にテトラは消え入りそうな声で返事する。テトラもいろいろといっぱいいっぱいのようで、強がりの一つも吐けない様子だ。

そんなしおらしいテトラに、史郎はゴクリと生唾を飲み込みつつ振り返る。

流石に胸元は隠されているけれど、普段はめったに見せない肩や鎖骨なんかが見えていて、もじもじと恥ずかしがるテトラの様子もあわせて、ものすごく刺激的だった。

「……シロー？」

不安そうなテトラの声に史郎は我に返った。一瞬でもテトラをそういう眼で見た自分をぶん殴りたくなった。

「……わかった。じゃあ、その、ベッドに座ってもらって、いいかな？」

「は、はい……」

テトラは素直に頷《うなず》くと、ベッドに上がって史郎に背中を向けて座る。史郎もその後ろに座るとこっそりと深呼吸した。

（テトラさんの……背中……）

脱いだ服で胸元は隠しているものの、ブラジャーまで外していて、シミ一つない綺麗《きれい》な背中が隠されることなく露《あらわ》わになっている。

これからこの肌に触れるのだと思うとドキドキして、またゴクリと生唾を飲み込んでしまった。だがすぐにブンブンと頭を振って邪念を追い払う。

「じゃ、じゃあ、塗るよ？」

「……はい」

日焼け止めの容器を開け、中のクリームをたっぷりと指ですくい取る。そしてテトラの白い背中にそれを伸ばした。

ぴくんと身体を震わせながら、それでもテトラは抵抗せずにじっとしている。

そのままゆっくりと、撫でるように手を動かす。

「ん……」

吐息を漏《も》らすような声をこぼしながらも、やはり大人しくされるがままのテトラ。

（テトラさんの背中……すべすべしてる……）

テトラの素肌に触れている。そう思うと心臓の鼓動がどんどん激しくなっていく。緊張と興奮で頭がくらくらしてくる。

（……だ、駄目だから！　これは医療行為みたいなもので……！）

史郎はどうにか平静を保ちつつ、そのままゆっくり丁寧に、テトラの肌に日焼け止めを塗り込んでいく。

「んっ……んんっ……」

くすぐったいのか、時折テトラはぴくりと体を跳ねさせる。

ぶんぶんと頭を振って邪念を振り払う史郎。そのままテトラの羽の辺りまで手を進める。

(羽の付け根って、こんな風になってるんだ……)

人間とは違う器官。だけど不気味さとかは感じなくて、むしろなんだか神秘的なものに触れているような気持ちになる。

(……羽にも塗った方がいいよね)

あらためてクリームをたっぷりと手に取った。

こうしてテトラの羽を間近で観察するのは初めてだが、かなり繊細な感じがする。

乱暴に触れると傷つけてしまいそうで、史郎は触れるか触れないかのフェザータッチでテトラの羽に触れた。

「ひゃあっ⁉」

テトラの口から可愛らしい声が漏れた。

「ご、ごめんっ⁉　痛かった⁉」

「い、いえ。大丈夫です。続けてください……」

「う、うん」

史郎は再び、優しくテトラの羽に触れる。

テトラの羽はまるで絹のような触り心地で、すごく感触が良い。

「ん……っ……～～っ」

手を動かすたびにテトラの身体が小さく震える。

心なしか肌が赤くなってきている。脱いだ服を口に押し当て、声が出ないようにしているようだ。

「えっと、くすぐったいのかな？」

「そ、そんなところです。テトラは羽が……その……とっても敏感なので」

「そっか。じゃあどうしよう？　やめといた方がいいのかな」

「か、構いませんから続けてください。ちゃんと塗らないとお外歩けませんし。……シローに触れられるの、嫌じゃ、ないですし……」

その言葉に、史郎はまた心臓が高鳴ってしまうのを感じた。

「じゃ、じゃあ、続けるよ？」

「……はい」

史郎は先ほどと同じように、テトラの羽に丁寧に日焼け止めを塗っていく。

「ふぅっ……んっ……くっ……」

史郎の指先が羽を掠《かす》めるたび、テトラはぴくっ、ぴくっ、と身体を震わせる。

先ほどよりも反応が大きくなってきていて、肌にも汗が滲《にじ》んでいる。

(なんか……すっごくドキドキする……)

女の子の肌に直接触れているという背徳感。それにテトラの反応。

必死に声を我慢するテトラが可愛くて、どこか官能的で、史郎は変なことを考えるのを必死に我慢して手を動かし続ける。

やがて全《すべ》ての箇所を塗り終わった頃には、テトラの呼吸はすっかり乱れていた。

「お、終わったよ?」

「……ありがとうございました」

テトラは呼吸を整えながら、ジトッとした眼で史郎を睨む。

「……一応聞きますけど、わざとじゃないんですよね?」

「え? な、なにが?」

「な、なんでもありません! 服着るから向こう向いててください!」

「は、はい⁉」

そうして史郎は大きな試練を突破した……のだが。

「…………」

「…………」

なんだか、変な空気になってしまった。

史郎とテトラは、一メートルほどの間を開けてベッドに腰掛けていた。もう十分以上会話が無い。

テトラを見ると、何故かフードを目深《まぶか》に被《かぶ》って抱きしめた枕に顔を埋めていた。

「えっと……シャワー浴びてきていいかな？」

「ひゃいっ⁉」

何故かテトラが素っ頓狂な声を上げた。何故だか視線を右往左往させてわたわたしている。

「あの⁉　シャワーってあのそのえっと」

「？　えと……歩き回って少し汗かいたから、シャワー浴びたいなって……わぷっ⁉」

ボフンと枕を投げつけられた。テトラは何故か顔を真っ赤にして怒っている。

「ま、紛らわしいんですお前は！　て、てっきりそういう……」

「え？　え？　紛らわしいってなにが？」

「～～～っ。な、何でもありません！　何でもありませんからも～！　も～～～っ‼」

テトラはベッドに倒れ込んでもう一つの枕に顔を埋めた。

テトラの態度はよくわからなかったものの、史郎はとりあえずバスルームに向かってシャワーを浴びた。

……シャワーと言っても、浴びているのは冷水だ。

シャワーを浴びに来たのもテトラには汗を流すためと言ったが、実際はいったんテトラと離れてクールダウンしたかったのが大きい。

「は〜〜〜〜」

史郎は大きく息を吐いてその場にしゃがみ込む。

なにせここはラブホテルなのだ。

本来なら恋人がそういうことをする場所で、ただでさえそんなところにテトラと一緒にいるというのは刺激が強すぎる。

しかも今回は、テトラの柔肌に触れてしまった。

白くて、柔らかくて、すべすべの肌。おまけに羽に触れるとテトラは敏感に反応してくれて。

どんどん息が荒くなって、白い肌が上気していって。その光景がなんだか……ちょっと……エッチな風に思えてしまって。

(だ、ダメだからね!? テトラさんはあくまでもお友達だからね!?)

そうして自分に言い聞かせながら、史郎は落ち着くまでシャワーを浴び続けるのだった。

部屋に戻るとテトラは変わらず枕を抱えて、ベッドに座って待っていた。

「た、ただいま?」

「……おかえりなさい」

ぎこちなく会話を交わす。史郎はドギマギしながら、再びテトラの隣に腰を下ろす。

「えっと、体調はどう？」

「……あんまりです。まだ身体、だるいです」

「そっか……」

また微妙に気まずい時間が流れ始める。

ただチラチラと、テトラがこちらを見ているのに気づいた。

「テトラさん、どうかした？」

「……っ」

テトラは迷うように視線を彷徨《さまよ》わせる。そしてそろりそろりと手を伸ばして、ちょんと史郎の服をつまんだ。

「………吸血したいです」

「え？」

「や、やっぱり消耗してる時は美味《おい》しい血を飲むのが一番だと思いますし、それに……その……」

テトラはもじ……と身体を揺らす。

「なんだかさっきから……すごく、しろーの血……ほしくて……」

そう言うテトラの顔は何故だか上気している。そんなテトラの姿に、さっきなんとか鎮めた邪《よこしま》な気持ちがまた湧いてきてしまうのを感じた。

「しろー……いいですか？」

「う、うん……」

史郎が受け入れると、テトラは立ち上がっていつものように史郎の首に腕を回してくる。

ただいつもよりもテトラの表情がぼんやりしていて、呼吸が荒い。

「いただきます……」

そのままテトラは、史郎の首筋にがぶっと噛《か》みついた。

「うあっ……」

史郎は思わず小さく声を上げた。テトラの吸血の勢いがいつもより強いのだ。

「ん……ぷはっ、ごめんなさい……いたかったですか？」

「う、ううん。大丈夫。そんなにお腹《なか》すいてたの？」

「はい……しろーのがほしくて……がまん、できなくて……」

「そ、そっか」

テトラの言い方にいつもよりさらにドキドキしてしまいつつも、そのままテトラを受け入れる。

ただ、今回はやはりいつもとは何かが違った。

いつもはもっと優しく、ゆっくり味わうように吸血するのだが、今回はそんな余裕が感じられない。荒く呼吸しながら、貪《むさぼ》るように血をすすっている。

（やっぱり、弱ってる時はお腹もすくのかな？）

そんなテトラの頭をいたわるように撫でていたが、ふとテトラが顔を離した。

トロンとした眼に、史郎の顔が映る。

「……しろー？　テトラの羽も、さわってくれませんか？」

「は、羽？」

「はい……ひやけ止めぬってくれた時みたいに、なでなでしてほしいです……」

「う、うん……？」

史郎は言われるがまま、テトラの羽をそっと指先で撫でる。

「ぁん……っ♡」

たちまちテトラは甘い声をあげる。

指の動きに合わせて身体がぴくっ、ぴくっと震える。

「しろー……」

甘い声で囁いて、息を荒くしながら、そのまま再び史郎の首筋に顔を埋めて血を吸う。

いつもより史郎の身体を抱きしめる力が強い。少しでも史郎とくっつく面積を増やしたいと言うかのように、べったりと身体を密着させてくる。

テトラの身体がいつもより熱い。押し付けるように身体を擦《す》り付けてくる。そのたびにふにふにと、テトラの柔肌《やわはだ》の感触が伝わってくる。

「は、ぁん……っ♡」

耳元で漏れる甘い声。息遣い。熱を持った身体。自分の首筋に吸い付く唇。

何もかもが刺激的で、理性がどんどん削られていく。テトラの身体は柔らかくて、熱くて、いい匂いで。

史郎が羽を撫でるたび、敏感に反応してくれて、可愛い声を上げてくれて……。

「あ、あの……テトラさんごめん、ちょっと離れて……」

史郎はテトラの肩に手を置いてそっと押し離した。

「ん……どうしてやめちゃうんですか……？　いま……いいとこだったのに……」

息を荒らげながら、トロトロに蕩《とろ》けた表情で言われて心臓がバクバクする。

「い、いや、その……こ、これ以上は本格的にまずいというか……」

「まずいってなんですか……？　テトラに吸血されるの……いやですか？」

「い、いやそうじゃなくて！　その…………僕も男なんで、えっと……」

顔を赤くしたまま、視線をそらせてもごもごと口ごもる史郎。

そんな史郎にテトラは不思議そうな顔をしていたが、ふと史郎の下半身に視線を落とした。

「あ」

テトラは小さく声を上げ眼をまん丸にする。そして再び顔を上げると、恥ずかしさのあまり火がついたように顔を真っ赤にしている史郎を見てにんまりと笑った。

悪戯《いたずら》っ子のような笑みを浮かべながら、そっと史郎の耳元に唇を寄せる。

「しろーも、えっちな気分になっちゃいましたか？」

「い、いやそのあの……。っ⁉」

史郎は気づいてしまった。

テトラは『しろー〝も〟』と言ったのだ。

テトラはくすくす笑うと、蕩けた眼で史郎の眼を覗き込む。

「ねえ、しろー……ちゅーしていいですか？」

「……ちゅー⁉」

反射的にテトラの唇に視線が行ってしまう。

テトラの唇は瑞々《みずみず》しくて、ツヤがあって、ふっくらと柔らかそうで……。

「て、テトラさん？　えとあのその……」

「ちゅーしたら……もっときもちいいですよ？　だめ、ですか？」

「い、いやその、ダメっていうかなんというか……」

自分でも何が言いたいのかわからない。拒絶しないといけないという思いはあるのだが、理性がもう限界だった。

そんな史郎にとどめを刺すかのように、テトラはとろんとした眼で囁く。

「……じゃあ、しますね」

「え」

テトラは目を閉じ、顔を近づけてくる。

「ちょ、ちょっと待っ」

近づいてくるテトラの顔に、史郎は思わず眼をつぶってしまった。

次の瞬間には自分の唇に柔らかいものが触れるのを覚悟した……のだけど、テトラの顔は史郎の顔の横を素通りした。そのまま首筋に噛みついて、ちゅーっと血を吸う。

そして顔を離すと、悪戯に成功した子供のような顔でケラケラ笑っていた。

「ふふふ、キスされるっておもっちゃいました？　だめですよー♪　テトラのファーストキスはかんたんにはあげないのですー♪」

これにはたまらず、史郎はテトラの肩を摑《つか》んだ。

「さ、流石にこういうことはダメだよテトラさん！」

「……ふえ？」

「こんな風にからかったりするのは良くないというか！　その……ぼ、僕も男だし……いつか我慢できなくなるかもというか……」

「……しろー、がまんしてたですか？」

「〜〜〜っ、そ、そりゃあね⁉　僕も男だし！　テトラさん可愛いし！」

「……おっぱいもむぐらいなら、ゆるしてあげますよ？」

「だからそういうのは絶対駄目だから！　今のテトラさん明らかに正気じゃないし、正気に戻った時にテトラさんに嫌な思いをしてほしくないから、その……テトラさんのこと、大切にしたいから……」

「………………」

テトラはしばらく黙って史郎の顔を見ていた。そして腑《ふ》に落ちたようにこっくり頷く。

「ようするにしろーは……テトラのこと大好きなんですね？」

「え。……う、うん？　そうなるの……かな？」

「そうですか。えへへ♪　えへへへへ♪」

テトラは顔をふにゃふにゃにして嬉しそうに笑う。

酔っぱらってるせいなのはわかっているけれど、自分の好意をこんなに嬉しそうに受け入れてくれる姿は正直嬉しい。

と、テトラがまた顔を近づけてきた。もう一回吸血したいのかなと、史郎もそれを受け入れる……が。

……チュッ。

ほっぺたに柔らかい感触を感じた。頬にキスされたのだと気づくまでに数秒かかった。

眼をぱちくりさせている史郎に、テトラはちょっぴり気恥ずかしそうにしながらも眩《まぶ》しいぐらいの笑顔を浮かべる。

「テトラもしろーのこと、大好きですよ？」

それだけ言うと、固まっている史郎を尻目《しりめ》にころんとベッドに横になった。そのまま、まるで電池が切れたようにすやすやと寝息を立て始める。

（い、今のって友達とか家族としてって意味だよね⁉）

答えを聞きたかったけどテトラはもうすでに夢の中だ。いつものパターンからして起きたらさっきのことも覚えていないだろう。

答えを聞けなかったのが残念なような、ホッとしたような。なんとも煮え切らない気持ちのまま、史郎はテトラが眼を覚ますまで悶々としながら過ごすのだった。

†

「〜〜♪」

その夜、屋敷に帰ったテトラはベッドでごろごろしながらご機嫌でスマートフォンを弄《いじ》っていた。

ずっと欲しかったスマートフォン。さっそく大好きなアニメ『まおしつ』のイラストを見に行ったり、ずっと気になってたソーシャルゲームとやらを遊んでみたりで堪能している。

それに、嬉しいことと言えばもう一つ。

スマホの画面を切り替え『連絡先』のアプリを開く。

一番最初に出てくるのは『紅月史郎』という名前だ。

ホテルで眼を覚ました後、少しだけスマホにも触ってみたのだがその時に連絡先も交換した。

その時に聞いたのだが史郎もスマートフォンは初めてで、当然お互い連絡先を誰かと交換するのも初めてで、それがなんだかとっても嬉しい。

ただ……。

(テ、テトラ、またシローと……ラ、ラブホテルに……！)

不意にスマートフォンを買った後のデートでラブホテルに入ったことを思い出してしまい、テトラは頬を染める。

一回目の時はどういう場所か知らずに入ったが、今回は身体を休めるためとはいえどういう場所か知った上で入ったのだ。

テトラも年頃の女の子。流石に、何も思わないわけではない。

しかも、テトラは史郎の前で数時間眠っていたのだ。

年頃の娘が男性の前で無防備を晒《さら》すというあり得ない失態。もしも史郎がケダモノだったら、今頃《いまごろ》……。

…………。

（……って、テトラは何考えてるんですかっ⁉）

テトラはぺしーんとスマホを枕に叩《たた》き付《つ》ける。つい一瞬変な想像をしてしまったことが恥ずかしくて枕に顔を埋める。

（シ、シローが悪いんですからね⁉　シローが……あ、あんなエッチな触り方してくるから……）

日焼け止めは普段メルに塗ってもらっているのだが、どうもテトラは他の吸血鬼より羽が敏感なようで、いつもくすぐったくて苦手だった。

だが史郎に塗られた時の感覚は全然違って、触れるか触れないかという絶妙なタッチで撫でられると、なんだか身体がゾクゾクしてしまって。

思い出すと、身体の奥がきゅうっとなる。

「…………」

あの時のことを思い出しながら、そっと自分の羽を撫でてみた。

「んっ……♡」

甘い刺激に、つい喉から声が漏れる。

………。

（テトラは何やってんですかもーーっ!!　もーーーーっ!!!!）

テトラはその晩、顔を真っ赤にしながらベッドの上で悶絶《もんぜつ》するのだった。

# 幕間

テトラと史郎《しろう》のデートからさらに少し時間は流れて六月も終盤の朝。

テトラはテーブルに向かい、朝の勉強に勤《いそ》しんでいた。

「……ん。メルー、できましたよー？」

「はい。それでは採点いたしますね」

テトラがやっていたのは人間の文化や社会に関する小テストだ。メルは受け取ったテスト用紙に眼を通し、にっこりと微笑《ほほえ》む。

「全問正解です。よくできました」

「ふふん、これくらい楽勝なのです」

えっへんとばかりに腕組みして胸を張るテトラ。そんなテトラに、メルは微笑ましそうに眼を細める。最初の頃は人間の街で暮らすこと自体嫌がっていたのに素晴らしい進歩だ。

それに何より、テトラが毎日楽しそうなのだ。

（これも、シロー様のおかげですかね）

過去のトラウマもあり、テトラはずっと他人に対して壁を作っていた。

けれど史郎と友達になってから、どんどん笑顔でいる時が増えている。今では勉強の時ですらどこか楽しげに口元を緩めているぐらいだ。

テトラはメルにとって娘や妹のような存在だ。そんなテトラを笑顔にしてくれた史郎には感謝の念が絶えない……のだが、心配な点がないわけでもなかった。

ぐ～……と、テトラのお腹《なか》が鳴った。恥ずかしそうにテトラが頰《ほお》を染める。

「……お嬢さま？　やっぱりシロー様から吸血させてもらった方がよろしいのでは？」

「だ、ダメです！　お姉ちゃん分としてシローのお勉強の邪魔はできません。シローのテスト期間が終わるまでは我慢します！」

テトラはここ最近、史郎と遊んだり吸血したりするのを控えていたのだ。

なんでも、史郎の通う学校ではもうすぐ期末テストというものがあるらしい。

……五月末にも中間テストというものがあったらしいのだが、テトラはそれを知らず毎日吸血や遊びに誘っていた。

お人好《ひとよ》しの史郎はそれを断らず、結果として中間テストであまりいい点数を取れなかったらしい。

それを知ったテトラはどうも気に病んでしまったようで、期末テストが終わるまで遊ぶのも吸血するのも控えると言い出したのだ。

貴族であるテトラは勉学の大切さもよくわかっているし、テストというのが人間にとって将来に関《かか》わることだとも聞いている。

自分が史郎に迷惑をかけてしまうのが嫌なのだろう。それは理解できるのだが……。

「そうは言っても……昨晩もあまり召し上がってませんよね？」

メルに言われて、テトラもバツが悪そうに視線をそらす。

「だ、だって……シローのと比べると全然おいしくないですし……」

元々小食な方ではあるのだが、毎日史郎の血を飲んでいたせいですっかり舌が肥えてしまったらしい。

どうしたものかと考えていた……その時だ。ポケットに入れていたスマホが震えた。

「失礼します」

メルはスマホの画面にサッと視線を走らせ……表情を曇らせた。

「申し訳ありません、お嬢さま。緊急の要件が入りましたので、私は一度本家の方に戻らねばなりません」

「何かあったんですか？」

テトラが聞くと、メルはテトラに顔を近づけ声を潜める。

「……まず最初に、この件はくれぐれも内密に願います」

メルの言葉にテトラも居住まいを正す。テトラも曲がりなりにも貴族の一員だ。メルの様子から何か重大なことだと察したのだろう。

「お嬢さまは、吸血衝動《きゅうけつしょうどう》に関してはご存じですね？」

「吸血衝動……はい。知ってます」

テトラもその症状自体は知っていた。

吸血衝動——簡単に言えば、吸血したいという欲求が我慢できない程に強くなってしまう症状だ。

発生原因は不明。ただ過去にはその衝動のせいで不合理な行動をとってしまい、人間との大きな争いに発展したこともあるそうだ。

とはいえ発症することは稀《まれ》で、テトラも名前を知っているだけというぐらいだったのだが……。

「現在、日本で暮らしている吸血鬼《きゅうけつき》の間で吸血衝動の発症が何件か報告されているようなのです。幸いまだ大きな問題になってはいないようですが、その件に関して調査や情報共有のため私にいったん本家に戻るようにと」

それは思いのほか深刻な話だった。

現状、吸血鬼は日本の片隅に住ませてもらっているような状態だ。

異世界で迫害されてこちらの世界に逃げてきた吸血鬼に対し、人間は同情的に接してくれていて、関係は良好と言っていいだろう。

だが、吸血衝動の件が公になればどうだろう？

メルは今は大きな問題になってないと言っていたが、あくまで今は、だ。もしこのまま吸血衝動の発症が増えていき『吸血鬼は人間を襲う化け物だ』なんて認識が広まれば取り返しが付かないことになる。

「テトラは本家に戻らなくていいんですか？」

「いえ。……本家はこの件は人間の方々に気づかれないうちに内々に処理したいようです。この国に来ている吸血鬼が一斉に引き揚げれば流石に怪しまれます」

「……なんだか悪いことしてるみたいでいい気分ではないですね」

「事は吸血鬼の存亡に繋《つな》がりかねない事態です。……先程も申し上げましたが、幸い大きな事件にはなっていませんし本家の方ではある程度原因と対策が絞り込めているみたいです。秘密にできるなら秘密にすべきでしょう」

「まあ、何にせよわかりました。すぐに発《た》つんですか？」

「はい。シロー様が学校から帰って来たら、仕事のためいったん帰ったとでもお伝えください」

そうして、メルは手早く荷物をまとめると屋敷を出て行った。

一人残ったテトラはベッドに転がり、深く息を吐く。

（大事にならなければいいんですが……）

心の中で呟《つぶや》く。

もしも吸血衝動の件が大事になれば、テトラも本家の方に引き揚げないといけなくなるかもしれない。

……また、史郎と離ればなれになるかもしれない。

（……やだなぁ）

ぎゅっと、枕《まくら》を抱きしめた。

自分の隣に史郎がいなくなるのを想像すると、寂《さび》しくて、不安で、たまらなくなる。目頭が熱くなって、じわりと涙が滲《にじ》んでくる。けどそんな自分に気づいて慌てて服の袖《そで》で涙を拭った。

（な、なに泣いてんですか小さな子供じゃあるまいし！）

何だか恥ずかしくて心の中で『がおー』と吠《ほ》えて、勢いよくベッドから起き上がる。

心配しても仕方ないし、漫画でも読んで気を紛らわせよう。そんなことを考えて書斎から最近読んでいる漫画シリーズを取ってきた。

ベッドに腰掛け、早速ページを開く。

最近テトラが熱心に読んでいるのは、兄妹《きょうだい》の背徳的な恋愛を描いた少女漫画だ。

……少女漫画といってもけっこう過激なシーンも多くて、テトラはドキドキしながら読み進めていく。

漫画の方はちょうど新章に突入したところだ。

兄妹の両親が二泊三日の旅行に出かけることになって、家に残った兄妹がそれはもう濃厚な三日間を過ごすという内容だ。

（こ、こんなことまでしちゃうんですか⁉）

漫画の中では、妹からの積極的なアピールに我慢できなくなった兄が、妹をベッドに押し倒している。

これまでよりもさらに濃厚で過激なシーンの連続に、テトラは生唾を飲み込みながら読み進めていく。

（……そういえば、メルが帰ってくるまでテトラもシローと屋敷で二人きりなんですよね）

ふと、そんなことを考えた。

最近はメルも自分と史郎のことを『仲のいいご兄妹みたいですね』なんて言っていて。

そんな自分達が家で二人でお留守番というのは漫画と同じシチュエーションで。

半ば無意識に、漫画の兄妹を自分と史郎に重ねてみて……。

（……って、テトラはなに考えてんですかあああああっ⁉）

漫画を放り出して枕に顔を埋《うず》めた。恥ずかしくてたまらなくて、足をバタバタさせる。

（ち、違いますからね⁉　テ、テトラはけっしてシローとそういうことしたいわけじゃ……！）

そうやってバタバタして、しばらくして『テトラは一人で何やってるんでしょう……』とため息をついた。

ころんと寝返りをうって仰向《あおむ》けになる。

……別に、史郎とそういう関係になりたいわけじゃない。

……けど、史郎とずっと一緒にいられたらいいなとは思う。

史郎はあったかくて、優しくて、一緒にいるとホッとする。

毎日遊んでくれて、自分のわがままも笑顔で受け入れてくれて、テトラはそんな史郎のことが……。


その時だった。

――ズグン、と血がざわつくのを感じた。

ドクンドクンと心臓の音が早くなっていく。喉《のど》が渇いて、呼吸が早くなる。

(っ⁉)

(な……こ、れ……?)

史郎のことを考えると口の中に唾液が溢《あふ》れてくる。

今すぐ史郎を押し倒して首筋に牙《きば》を突き立てたい。思う存分その血をすすりたい。そんな欲望が湧《わ》いてきて、頭の中が焦《こ》げ付《つ》くような感覚を味わった。

史郎を無理矢理押し倒して、逃げられないように押さえ付けて、史郎がやめてと言っても構わず、好き放題に貪《むさぼ》りたい。史郎の全部を自分のものにしてしまいたい。

そんな欲望が後から後から湧いてきて止められない。

（吸血……衝動……？）

経験するのは初めてだが、自分がそれを発症してしまったのはすぐにわかった。身体の奥底から突き上げてくるような激しい衝動に、理性が焼き切れそうになる。

（メルに……連絡、しないと……）

ベッドから降りて、ふらふらした足取りでスマホを置いてあるテーブルまで歩いて行く。

スマホを手に取り、メルに連絡しようとして……動きを止めた。

——自分が吸血衝動を発症したと知れたら、どうなるだろう？

まず間違いなく、史郎と引き離される。もう、史郎と一緒にいられなくなるかもしれない。

そうなる未来を想像した。

一日中部屋にこもって、ぼんやりと過ごすだけの生活。

起きて、美味《おい》しくもない血を飲んで、言われるがまま勉強して、寝て、いずれはどこかの家にでも嫁がされるのだろうか。

少し前の自分ならそんな未来も受け入れていただろう。

けれど今は、史郎と離ればなれになるなんて考えられなくて……。

「だいじょうぶです……きっと、少しがまんすれば……すぐに収まりますから……」

自分に言い聞かせるようにそう言って、スマホをテーブルに置いた。

# 九話　吸血衝動

「雨降りそうだね」

「そだねー」

窓の外では灰色の雲が広がり、太陽を覆《おお》い隠している。空気は湿っぽく、今にも雨が降り出しそうだ。

一時間目の授業の後の休み時間。史郎《しろう》は前の席の杉崎《すぎさき》さんと話していた。

「もうすぐ期末テストだけど、紅月《あかつき》くんは勉強の調子どう？」

「たぶん大丈夫。赤点だったら夏休みに補習らしいし頑張らないとね」

史郎がそう言うと、杉崎さんは悪戯《いたずら》っ子のようにニマニマと笑みを浮かべる。

「補習になったら愛《いと》しの外国人彼女と遊ぶ時間減っちゃうもんね～？」

「～～～っ」

以前テトラと出かけているところを目撃されて以来、杉崎さんはよくこうして史郎をからかってくる。この話をするとすぐに顔を赤くして照れてしまう史郎を面白《おもしろ》がっているようだ。

「だ、だからテトラさんはそういうのじゃなくて……」

「またまたぁ、あんな仲よさそうにしてたくせに～」

「だから本当に違って……」

「でも、チラッと見ただけだけどすっごく可愛《かわい》い子だったよね？」

「それは……うん」

「あんな子が彼女だったら紅月くん嬉《うれ》しいよね？」

「……そ、そりゃあね？　い、一般論でね？　男子なら……その……テトラさんみたいな……可愛い女の子と……その……」

「私が見た限り、少なくとも脈ありだと思ったけどなぁ？」

「え」

杉崎さんの言葉に思わずドキッとして聞き返してしまった。

そんな反応に、杉崎さんはまるで玩具《おもちゃ》を見つけた子供みたいにニマニマして史郎の肩をバンバン叩《たた》いてくる。

「いや～もう、紅月くんってわかりやすくて可愛いな～♪」

「～～～～っ！」

恥ずかしくて机に突っ伏した。

杉崎さんの言う通り、最近はもうテトラのことが気になって気になって仕方ないし、勉強を頑張っている一番の理由は夏休みに心置きなくテトラと遊びたいからだ。

つまり、杉崎さんの言うことは全部当たっているのである。

「ひどいよ杉崎さん……」

「あはは。ちょっとやりすぎちゃったかな？　ごめんごめん。んーと、それじゃあお詫《わ》びに、紅月くんとテトラちゃんのこと占ってあげるね？」

「……占い？」

「ん。最近はまってるんだけど、よく当たるってけっこう評判なんだよ」

そう言うと杉崎さんは鞄《かばん》からタロットカードを取り出した。

杉崎さんが楽しそうなのと、断る理由もないため史郎も姿勢を正して杉崎さんが準備するのを眺めることにする。

「えっと、テトラちゃんのフルネームってなんだっけ？」

「テトラ＝フォン＝ヴァルフレア」

「かっこいい名前だねー。オッケー。ちょっと待ってね」

そう言って杉崎さんは机の上にタロットカードを並べていく。かなり本格的な感じだ。

「これがこうなって……カードが逆位置だから……」

ぶつぶつ呟《つぶや》きながら並べられたカードを何枚かめくる。

「さてさて、結果ですが……げ」

「今『げ』って言った⁉」

「あ、あははは大丈夫大丈夫……しょ、しょせんは占いだしね？」

「そんな引きつった声で言われると余計不安になるんだけど⁉」

「と、とにかく結果はね？　うーんと……そうだね……」

杉崎さんはカードを見つつ、少し声を真剣にする。

「……近々、紅月くんが大きな壁にぶつかることになるって出てるね」

「壁？」

「うん。何か大きな障害があって、それを乗り越えないといけないらしいよ」

「障害って、どんな？」

「そこまではわかんないけど……ミスったら、最悪死ぬって出てます」

「ちょっ⁉」

「だ、大丈夫だよ。さっきも言ったけどしょせんは占いだしね？　だけどホントに気をつけてね？　あ、私が持ってるお守り、家内安全のやつだけどあげるね？」

「いやホントに大丈夫なやつなの⁉」

そこで学校の予鈴が鳴った。杉崎さんは心配そうな顔をしつつもカードを片付ける。

程なくして先生が入ってきて、授業が始まる。

窓の外ではポツポツと、雨が降り出していた。

やがて学校が終わり、史郎は帰りのバスに揺られていた。

「………」

もう何度目になるかわからないが、史郎はスマホのメッセージアプリを確認する。

そこにはメルから簡潔に『急用ができたので少しの間屋敷を留守にする』という旨《むね》のメッセージが入っている。

それだけなら気にする程のものでもないのだが、なにせ杉崎さんに占いであんなことを言われた後だ。何だか、胸騒《むなさわ》ぎがする。

午前中から降り出した雨は今も降り続いていて、バスから降りるとさらに勢いを増していた。折りたたみの傘では心許《こころもと》なくて、史郎は早足で屋敷に向かう。

「ただいまー」

駆け込むように屋敷に入ってそう声をかける。だが屋敷の中は暗くて、しんと静まりかえっていた。

メルが用事で留守にしているのはメッセージをもらって知っていたが、しばらく待ってもテトラが出迎えてくれる気配はない。ここ最近でこんなことは初めてだ。

心配ではあったが、雨のせいでズボンがびしょびしょだ。ひとまず着替えようと、史郎は屋敷一階の自分の部屋に向かった。

部屋に入ると史郎はクローゼットから替えのズボンを取り出し、ベッドに腰掛けて着替え始める。

『明日までに乾くかな？』などと思いつつズボンを脱いだところで、キィと扉が開かれた。

「へ？」

ノックもなしに開かれた扉の方を見ると、テトラがそこに立っていた。史郎は慌てて布団《ふとん》を掴《つか》み自分の下半身を隠す。

「テ、テトラさん⁉　ごめん！　今着替えてるからちょっと待って……テトラさん？」

テトラの様子がおかしい。

いつものテトラなら、史郎の着替えに遭遇しようものなら顔を真っ赤にして逃げていきそうなものなのに、今はぼんやりとした顔で史郎を見つめている。

何かに興奮しているかのように頰《ほお》は上気して、息が荒い。一方で眼が虚《うつ》ろで、ぼんやりと濁った眼で史郎を見ている。

そのままふらふらした足取りで史郎に近づいてくる。

「あの……テトラさん？　大丈夫？」

「…………」

テトラは何も答えない。そのままテトラは史郎の目の前に立つと、とん、と史郎の肩を押した。

「え？　ちょ、ちょっと……」

突然のことに体勢を崩し、史郎はベッドに仰向《あおむ》けに倒れ込む。テトラはそんな史郎の体に覆い被《かぶ》さると、さらに息を荒くしながらぼんやりと史郎を見下ろした。

「て、テトラさん……？」

「……」

テトラは何も答えない。ただ熱に浮かされたような顔で、ゆっくりと顔を近づけてきて……。

その時だ。外で雷が落ちる音が聞こえた。突然の大きな音に驚いて、テトラがびくりと身体を震わせる。同時にその眼に理性の色が戻った。

「あ、あれ……シロー……？　テトラは……なんで……？」

そこでテトラはハッとした。さっきまで上気していた顔があっという間にまっ青になって、怯《おび》えるように史郎から離れる。

「……テトラさん？」

「ち、近づかないでください!!」

大きな声を上げられて、史郎はびくりと身体をすくませる。

そのことに一瞬テトラは申し訳なさそうな顔をしたが、すぐに身を翻《ひるがえ》し逃げるように部屋を出て行った。

明らかに様子がおかしい。史郎はすぐにズボンを履《は》くと、テトラの後を追う。

テトラは自分の部屋に入ったようで、ガチャリと鍵《かぎ》を閉める音が聞こえた。

史郎はテトラの部屋の前まで行き、声をかける。

「テトラさん？」

「……なんですか」

返事があった。しかし声に元気がない。

「えっと、大丈夫？　体調でも悪いの？」

「大丈夫ですから、ほっといてください」

「……何かあったの？」

「いいから！　ほっといてください！」

大きな声でそう言われてしまった。

明らかに様子がおかしいのだけど、ドアには鍵がかかっているし声をかけてもそれ以降反応してくれない。

その後も何度か様子を見に行ったけど、何の反応もしてくれないまま時間だけが過ぎていった。

その日の夜、史郎はベッドに横になったままぼんやりと天井《てんじょう》を見上げていた。

普段なら眠っている時間なのに完全に眼が冴《さ》えてしまっていて、一向に眠れる気配がない。

頭を占めるのはテトラのことだ。

テトラの様子が明らかにおかしかった。けれど機嫌を損ねるようなことをした覚えはないし、体調が悪いのかと聞いても何も答えてくれなかった。こんなことは初めてだ。

「………」

ごろんと寝返りを打つ。

テトラは史郎にとって、もう家族のような存在だ。何か悩んでいるのなら力になってあげたいし、せめて話を聞いてあげたい。

そんなことを考えていると、カリカリと扉の方から木を引《ひ》っ掻《か》くような音がした。次いで『なー』という猫の鳴き声も。

「……クロ?」

どうやら扉を開けてほしいようだ。ベッドから降りて、部屋の扉を開けると足元でクロがジッとこちらを見上げていた。

「どうかしたの?」

「なうー」

クロは低く鳴くと踵《きびす》を返す。ついてこいと言っているようで、史郎はその後を追った。

クロに導《つ》かれて台所まで行くと、僅《わず》かに扉が開いていた。

電気は点いていなかったが、人の気配がする。

(……もしかして、泥棒?)

史郎は身を強張《こわば》らせながらそろそろと隙間《すきま》から中を覗《のぞ》く。

キッチンは真っ暗で、けれど開かれた冷蔵庫から光が漏《も》れていた。

そしてその前にはテトラが座り込んでいて、あたりに空の血液パックが散乱している。

「テトラさん？」

「……っ」

テトラがこちらを振り向く。息が荒くて、まるで怯《おび》えたような眼をしている。胸元《むなもと》は血液パックを飲んでいる時にこぼしてしまったのか真っ赤に汚れていた。

「テトラさん……あの、大丈夫？」

「……こっち……来ないでください」

テトラは弱々しい声で拒絶した。

「でも……その、体調悪いの？　何か僕にできることがあれば……」

「いいから！　近寄らないでください！」

そう言って立ち上がるが、ガクンとテトラの足から力が抜けた。そのまま受け身も取れず床に倒れ込む。

「テトラさん！」

史郎はテトラの元に駆け寄って助け起こそうとする。

だがそんな史郎を、テトラはドンと突き飛ばした。

「わっ⁉」

たまらず史郎は尻餅《しりもち》をつく。そしてそんな史郎に、テトラは四つん這《ば》いのまま、ゆっくりとにじり寄ってきた。

「……しろーから……とっても、いいにおいが、します……」

どろりと濁った眼。明らかに尋常ではない様子に史郎の背筋に冷たいものが走る。

「テトラさん？　ど、どうし……うわっ⁉」

テトラが、史郎に覆い被さってきた。

両手首を掴まれ押さえ込まれる。抵抗しようとしたのだけど、テトラは驚くほどの力で史郎を押さえ付けておりびくともしない。

「あ、あの……テトラさん？」

「にんげんって、よわいんですね……テトラがほんきになったら……ぜんぜん抵抗できないんですね……」

テトラは荒く息をしながらうわごとのようにそう言った。

「テトラがその気になったら……いつでもしろーのこと、好きにできちゃうんですね……」

濁った眼のまま、テトラは史郎の首筋に顔を近づけてきた。

「ひっ……」

今のテトラはまるで肉食獣のようで、史郎は思わず悲鳴をあげた。

テトラの吐いた熱い息がかかる。首にかかる生暖かい感触に、本能的な恐怖を感じる。

「ちょ、ちょっと待っ」

「いただきます」

次の瞬間、首筋に鋭い痛みを感じた。

「いっ……!!」

牙《きば》が皮膚に突き立てられる痛みにたまらず悲鳴を上げる。それでテトラが普段、史郎が痛くないようにどれだけ気を遣ってくれているのかがわかった。

「あ、ぁ……」

声にならない悲鳴を上げながら、史郎は必死に身を捩《よじ》ろうとする。だが、テトラはがっちりと、万力のような力で腕を押さえ込んで離さない。みし、と骨が軋《きし》む嫌な音がした。

普段より明らかに深く牙が皮膚を貫いていて、ドクドクと身体から血が流れていくのを感じる。

一方でテトラに吸血される時の快感と多幸感で頭がチカチカする。ぢゅうう、と血をすする音が聞こえるぐらい強く吸血され、頭が真っ白になっていく。

このままではいけないとわかっているのに、身体に力が入らない。

「ちゅぷ……んむ……おいしい……しろー……すごく、おいしい……」

テトラは夢中で史郎の血を貪《むさぼ》っていた。その声色はとても幸せそうで、どこか妖艶《ようえん》だった。

「は……ぁ……しろー……もっと、ください」

「ま、まって、これ以上は……」

「だめ……もっと……」

テトラはそう言ってまた強く吸い付いてくる。

「やめて……テトラさん……おねがい……やめ……て……ぁ……」

あまりの激しさに意識が飛びそうになる。それでもテトラは血を吸うことをやめない。

――その時ふと、過去の記憶がフラッシュバックした。

以前にも、同じようなことがあった。

†

幼い頃、神隠しにあって迷い込んでしまった不思議な世界。

それでも、自分と仲良くしてくれる『ネーフェ』ちゃんのおかげで暗くならずに過ごせていた。

だがある日、史郎は怪我《けが》をしてしまった。

森で二人で遊んでいた時、転んだ際に咄嗟《とっさ》に手をついたのだが、そこに運悪く尖《とが》った石があって手を深く切ってしまったのだ。

ネーフェちゃんはすぐにその場で史郎の傷を手当てしてくれた。

だが、史郎の手から流れる血を見るうちに、その表情が少しずつ変わっていった。

「……ΣΡΘ、ΛΔΥΨΩΠΛΩΣ？」

そう言って、ネーフェちゃんは史郎の血をペロリと舐《な》めた。するとたちまちネーフェちゃんの目の色が変わった。

「ネーフェちゃん？　どうし……うわっ⁉」

突然ネーフェちゃんに押し倒された。

まるで寝ぼけたようなとろんとした表情。何故《なぜ》だか呼吸が荒くて、頬を赤らめながら史郎を見下ろしている。

「ΣΥΩΠΛΥ……ΨΩΔΘΛΓΔ……」

マフラーを剝《は》ぎ取られ、首筋を無理やり露出させられるとそこにがぶりと噛《か》みつかれた。

「い、痛い！　痛いよネーフェちゃん！」

必死に声を上げたけどネーフェちゃんはやめてくれない。抵抗しようとしたけどすごい力で押さえ付けられてどうすることもできない。

やがてネーフェちゃんは口を離すと、満足したように雪の上に倒れ込みそのまま眠ってしまった。

史郎は何が何だかわからなくて、ただ無理やり噛みつかれたということが怖くて……その場から逃げ出してしまった。

するといつの間にか、また濃霧に包まれて……気がついたら自分の家の裏山に戻ってきていた。

†

史郎の頭にそんな記憶が蘇《よみがえ》ってきて今と重なる。

おぼろげにしか思い出せなかった少女の容姿が鮮明に思い出せる。その子はテトラと同じ、銀色の髪をしていて……。

「……ネーフェちゃん？」

自分に噛みつくテトラに、史郎はそう呼びかけた。

ピタリとテトラの動きが止まる。口を離し、史郎の眼を見つめる。

「………シロー……？」

まだぼんやりしていたが、濁っていたテトラの眼に光が戻った。

「あれ……テトラは……？」

テトラの視線が泳ぎ、史郎の顔から僅かに視線を下げる。

史郎の首筋には深い穴が二つ。そこからドクドクと鮮血が溢《あふ》れ出している。

史郎の手首にはテトラが握った痕がくっきりとついていて、それでテトラは自分が何をしてしまったのか悟った。

「あ……うそ……やだ……」

テトラの顔が青ざめる。

「ちが、ちがう……ごめ……なさ……」

テトラの眼から涙がボロボロこぼれ落ちた。顔が真《ま》っ青《さお》で、怯えたように肩を震わせている。

「テ、テトラさん、落ち着いて？　ね？」

史郎はついさっきまで襲われていたのも忘れ、できるだけ優しく声をかけた。だがその声はテトラに届かない。

テトラは立ち上がると、脱兎《だっと》の勢いでキッチンから飛び出していった。


『こちらでホテルを手配します。数日の間、シロー様はそちらに避難していてください』

メルに連絡し、状況を説明するとそう言われた。

史郎はテトラに噛まれた箇所の手当てをしながらスマホを耳に押し当てる。

「あの……テトラさんは、大丈夫なんですか？」

『今はご自分の心配をなさってください。……血は止まりましたか？』

「えっと……はい」

さっきまではテトラに噛まれたところから血がボタボタ滴っているような状態だったが、吸血鬼特製《きゅうけつき》の血止め薬というのを塗るとあっという間に血が止まった。

『血が止まったなら、救急箱の中にある赤い錠剤を四錠飲んでください。それで失った血も補充できます』

「わかりました。それで、テトラさんは大丈夫なんですか？」

『……ご自分の心配をなさってくださいと言ったばかりでしょうに』

電話の向こうからため息が聞こえる。……ただ、その声はどことなく嬉しそうだった。

『……そうですね。種族病……とでも言えばいいでしょうか』

そこまで言って、メルは言葉を選ぶようにしばらく沈黙する。

『……我々吸血鬼が人間の血をいただいているのはご存じの通りです。ですがそれはごく少量ですし、過度に人間を傷つけるような吸い方はいたしません』

それに関しては、毎日のように吸血されてピンピンしている史郎は身をもって知っている。

『ですがまれに、吸血衝動といって非常に強く血を求めてしまう場合があるのです。その時の吸血鬼は……率直に言って危険です』

「危険って……その、死んでしまうぐらい血を吸ってしまうとか……ですか？」

『いえ、吸う量自体は健康な方なら命に関《かか》わる程ではありません。ただ……理性を失ったような状態になるので力の加減が効きません。人間にとっては、それだけで十分な脅威かと』

その言葉に史郎は先程手当に使ったガーゼや自分の手首を見る。

普段より深く乱暴に噛まれたせいで、かなり出血量が多かった。

手首も、無理矢理押さえ付けられたところが内出血で青黒くなっている。一歩間違えば骨をへし折られていたかもしれない。

『とにかく、手当てが終わったのならすぐに屋敷を離れてください。私もなるべく早く帰りたいのですが、しばらくは……』

「あ、あの！」

史郎はメルの言葉を遮《さえぎ》った。

『……どうかしましたか？』

「いえ、その……テトラさんは、今後どうなるんですか？」

『……と、言いますと』

「いやその……テトラさん、人間と吸血鬼の交流のために日本に来てるんですよね？　今回みたいなことが知られたら、まずいんじゃ……」

史郎の質問に、電話の向こうのメルはしばらく沈黙した。

『……普段ぼんやりしているのに、こういう時は鋭いんですね。……正直言って、致命的というほかありません。お嬢さまには日本から引き揚げていただき、シロー様には後日正式に謝罪を……』

「あの！　テトラさんに襲われたっていうの！　勘違いでした！」

『は？』

史郎の言葉に、メルは思わず聞き返した。

「いやだからですね。……えっと、いつも通りテトラさんに血を吸ってもらってたんですけど、それでなんか、僕がバランス崩しちゃって、それでいつもよりテトラさんの歯が深く入っちゃって、それで……」

やや苦しい史郎の言葉に、電話の向こうでメルが小さくため息をつくのが聞こえた。

『……要するに、そういうことにしてほしいということですか？』

「はい」

『……お人好しにもほどがありますよ？』

「それは……テトラさんにもよく言われます」

電話の向こうでもう一度ため息が聞こえる。けれど今度は、くすりとメルが小さく笑った気配も感じた。

『お嬢さまのお友達になった人間が貴方で良かったです。……承知しました。それでは今回の怪我はあくまでも事故ということで』

「はい。そういうことでお願いします」

それから二人で口裏を合わせて電話を切った。

やることはまだ残っている。そして、こっちはメルに言ったら流石に止められそうなので言わなかった。

史郎は部屋を出た。テトラの部屋がある二階の方を見上げる。今は物音一つ聞こえない。

階段を上がり、テトラの部屋の前まで行った。

あんまりこういうことはよくないと思うけど、ドアに耳をつけ中の音に聞き耳を立てる。

……ほんのかすかに、すすり泣く声が聞こえた。

「………」

首筋に触れ、さっき無理矢理吸血された時のことを思い出す。

正直に言えば、むちゃくちゃ痛かったし、怖かった。

けれどそれ以上に、史郎を傷つけてしまって泣いていたテトラの表情が史郎の胸をしめ付けていた。

あの時のテトラは本当に苦しそうで、今にも壊れてしまいそうだった。

メルは避難するように言っていたけど、あんな顔をしたテトラを置いて逃げ出すことなんてできない。

(今助けてあげないといけないのは、テトラさんだ)

かすかに震える手で、ドアをノックした。

†

少し時間は戻る。

テトラは自室に戻ると、ベッドに突っ伏して泣いていた。

眼を閉じれば、史郎を襲ってしまった直後の光景が鮮明に思い浮かぶ。

赤く腫れた手首、溢れ出す鮮血、呆然《ぼうぜん》と自分を見つめる眼。

その光景が、過去に自分が大好きな男の子――史郎にしてしまったことと重なる。

幼い頃、テトラは史郎が突然いなくなったと思っていた。けれど何のことはない、原因は自分だったのだ。

史郎が怪我をして、血が出て、その血がすごくいい匂《にお》いだったから興味本位で口にしてみて。

その血があまりにも美味《おい》しくて、歯止めが効かなくなった。無理やりに血を吸って怖がらせて、傷つけて、あまつさえそのことをきれいさっぱり忘れていた。

思い出すと、幼くて馬鹿《ばか》な自分を引っ叩《ぱた》きたくなってくる。

「これで……シローとの関係も、おしまいになっちゃうんですかね……」

言葉にすると、こらえきれないほどの涙が溢れてきた。

胸が苦しい。吐き気がして、どこかに消えてしまいたい衝動に駆られる。

なのに……それなのに、また史郎を襲いたい。もっとあの血をすすりたいだなんて考えてしまうのだ。

史郎を傷つけたくないのに、史郎をめちゃくちゃにしたい。

相反する感情がごちゃまぜになって、テトラの心をかき乱していく。どんどんネガティブな方向に考えてしまう。

（もう、シローも、テトラのこと嫌いになりましたよね……）

——自分を襲ってくるような化け物と友達のままでいられるわけがない。

「たのし、かったなぁ……」

史郎と過ごした日々は毎日が楽しかった。史郎と遊んで、デートして、吸血して。

史郎が以前『キラキラした青春に憧《あこが》れてた』なんて言ってたけど、テトラにとって史郎と過ごした日々こそがキラキラした青春だった。

ずっとこんな日々が続けばいいと思っていた。だけどもう無理なのだ。

きっと自分は本家に連れ戻される。隣に史郎がいない日々が始まる。

やっぱり人間と関わるべきじゃなかった。またこんな思いをするのだったら、最初から関わらなければよかった。

「でも……大好きだったんです……だいじな、だいじな、お友達だったんです……」

自分の気持ちを言葉に出して、ますます涙が溢れてしまう。

と、その時だ。コンコン、と控えめなノックの音がした。

最初は空耳かと思って様子を見る。

すると程なくしてまた、コンコンとノックする音が聞こえた。

「テトラさん、大丈夫?」

続けて史郎の声。テトラは鼻をすすり上げると、なんとか返事をする。

「何しに来たんですか。どっか行ってください!」

これ以上大切な友達を傷つけないために精一杯の虚勢を張る。

だって、吸血衝動はまだ全然収まっていないのだ。

今こうしている間も、史郎に襲いかかって再び吸血したい衝動を必死に理性で抑えつけている。

今すぐどこかに行ってほしい。これ以上史郎を傷つけたくない。……なのに、史郎はとんでもないことを言ってきた。

「いいよ。僕の血、吸ってくれても」

「え……」

史郎の予想外の言葉に、テトラはポカンと眼を瞬いた。

ベッドから降りて、ふらふらと扉まで行く。

「……シロー？」

幻聴じゃないか確かめるように、おそるおそる声をかけた。

「大丈夫。……さっきのやつはメルさんにも言って内緒にしてもらえることになったから」

「……ほ、本気で、言ってるんですか？」

「もちろん。……怯えなくて大丈夫だよ。怖かったよね……？　友達のこと、傷つけちゃうの……」

「え……あ……」

その言葉を聞いた瞬間、何故だかもう声を出せなくなってしまった。

震える手で鍵を開け、扉を開く。そこには、いつもと同じ優しい笑顔を浮かべた史郎が立っていた。

史郎はそっと手を伸ばすと、そのままテトラの身体を抱きしめた。

「僕は大丈夫だから。僕の血、吸ってくれていいよ」

史郎はぎゅっとテトラを固く抱きしめたまま、慰めるように優しく頭を撫《な》でてくれる。

「で、でも、それじゃシローが……」

「大丈夫だから。僕、身体の頑丈さには自信あるし。それに……苦しいのに、こうやって僕を傷つけないように我慢してくれてる。テトラさんが優しい女の子だってことは、ちゃんとわかってるから」

「……っ」

　思いがけない優しい言葉に僅かに嗚咽《おえつ》が漏れた。

　けれどここで子供みたいに声を上げて泣くのはプライドが許さなくて、眼に浮かんだ涙を服の袖《そで》で乱暴に拭う。

「そ、そこまで言うなら吸いますよ⁉　吸いますからね⁉　ほ、ほんとに、いいんですね⁉」

　精一杯強がってそう言うと、史郎はもう一度「うん」と返事した。

　テトラは背伸びして、史郎の首に腕を回す。今にもはち切れそうな理性を必死に繋《つな》ぎ止めて、なるべく優しく、そっと史郎の首筋に牙を突き立てた。

「んっ……」

　チュウウウッと一気に血をすすりあげる。

　口いっぱいに芳醇《ほうじゅん》な血の味が広がる。……いつもよりも……さっき襲いかかって無理矢理吸った時よりも、何故だかすごく美味しく感じる。

「どう？　ちょっとは落ち着けそう？」

「ん……シローの血、おいしいです……」

「よかった……」

　史郎の声はどこか嬉しそうだった。ふわふわと、慰めるように自分の頭を撫でてくれる。

「ねえシロー……」

「なに？」

「テトラのこと……嫌いになってませんか？」

顔を離して不安げな瞳《ひとみ》で見つめるテトラに、史郎は優しく笑いかけた。

「ならないよ。僕はテトラのこと、大好きだから」

その言葉を聞くと、どんどん胸が高鳴って、気恥ずかしくなってしまう。

それを誤魔化《ごまか》すようにテトラは再び史郎にしがみつくと、また勢いよく血を吸った。

「くっ……」

「ごめんなさい……痛いですよね……」

「大丈夫だよ。それより、たくさん飲んでいいからね」

「はい……」

コクン、コクンと血が喉《のど》を通るたび、胸が熱くなる。

頭がふわふわして、気持ちいい。

「ふあ……」

なんだか、こうやってしがみついている体勢が窮屈になってきた。

「……ベッド、いきましょう」

「え？　……わっ⁉」

テトラはひょいと史郎をお姫様抱っこするとそのままベッドまで運ぶ。そしてころんと、史郎をベッドに転がした。

「わわっ⁉」

「ん……おとなしくするです……」

それに覆い被さって、また血を吸う。

何故だか史郎が顔を真っ赤にして慌てているけれど、そんなことどうでもよくなるぐらい頭がふわふわして気持ち良かった。

「はぁ……しろー……すき……すき……しろー……」

自分が何を口走っているのかもよくわからない。ただ心に浮かんだ言葉をそのまま声に乗せる。

いつの間にか、史郎のことをむちゃくちゃに貪りたいという欲求は消えていた。

今はただ、大好きな人が自分を受け入れてくれているのが嬉しくて、幸せで、このままずっとこうして史郎と触れ合っていたかった。

なんだか身体が熱くて、お腹《なか》の奥がキュンキュンする。史郎にもっと触れていたくて、ギュッと抱きしめる腕に力を込める。

別に激しい運動をしたわけじゃないのに呼吸が荒くなっていく。心臓が痛いぐらいドキドキして、頭がぼんやりする。

史郎の匂いを嗅ぐだけで胸が切なくて、もっと深く繋《つな》がりたくて……史郎の頬に手を添える。

「しろー……」

もう一度名前を呼んで、そっと唇を重ねた。

「ん……ちゅ……」

初めて味わう男の子の唇。その感触を確かめるように唇を動かす。柔らかくて、あったかくて、気持ちいい。

頭がふわふわして、幸せで、たまらない。

「ぷぁ……ん……」

唇を離して、もう一度。

今度はさっきよりも長く、深く。

史郎の唇をこじ開けて舌を絡《から》めると、脳髄まで痺《しび》れるような快感に襲われた。

「ん……くちゅ……んっ」

唇の隙間から唾液が混ざり合う音がする。それでもキスは止めずに、夢中で舌を絡ませる。ぬるぬるした舌を絡ませ合うたび、身体の奥からゾクゾクしたものがこみ上げてくる。身体が熱く火照《ほて》っていく。

「ん……ぷぁ……」

苦しくなって唇を離すと、二人の間に銀色の橋がかかった。それがなんだかすごくエッチに感じて、どんどん歯止めが効かなくなる。

「しろー……だいすきです……」

テトラは史郎をギュッと抱きしめると、また唇を重ねて舌を絡める。

こうしてこの夜、テトラは史郎を堪能し尽くすのだった。

†

テトラが眼を覚ましたのは翌日の朝だった。

「う……ん……？」

意識がぼんやりしている。ただ、目の前には史郎がいた。すやすや寝息を立てている。

どうやらお互い、吸血している間に眠ってしまったようだ。

半覚醒《かくせい》のまま史郎の首筋に触れる。そこには昨晩の吸血痕が残っていた。それを見ていると胸がきゅーっとする。

「♡」

寝ぼけた思考のまま、史郎の胸におでこをぐりぐり押しつける。なんだかもう史郎のことが大好きで、愛《いと》しくて、こうしているだけで幸せだった。

史郎の顔を見上げる。眠っている顔が可愛くて、大好きで……キスしたい、なんて、思ってしまって……。

（…………って、テトラは何してるんですかあああああっ⁉）

しばらくスキンシップを楽しんだ後、ようやく意識がはっきりした。

あわてて史郎から身体を離すが、勢い余ってベッドから落っこちた。

「ふみゃうっ⁉」

思い切りお尻《しり》を打った。痛みでしばらく悶絶《もんぜつ》し、ふらふら立ち上がる。

頭の中をフラッシュバックするように駆け巡るのは昨晩の出来事。

……普段、史郎から吸血した時のことはよく覚えていないテトラだが、何故か昨晩のことだけははっきりと思い出せてしまうのだ。

もちろん、昨晩自分がやったことも。

（し、しちゃった⁉　テ、テトラ……シローとキス、しちゃった⁉）

無意識のうちに自分の唇に触れていた。まだ微《かす》かに感触が残っている気がする。

……ファーストキスだった。

（ノ、ノーカン‼　ノーカンですから‼　さ、昨晩のテトラは正気じゃありませんでしたしテトラのファーストキスはもっとロマンチックな……うにゃあああ！）

昨晩のことを思い出して、顔を真っ赤にしながらぷしゅーと湯気を出す。

テトラも年頃の女の子だ。ファーストキスにはそれなりの思い入れもあったし、いつかロマンチックな雰囲気で素敵な男性とできたらいいな、なんて幻想もあった。

（そ、それをあんな……肉食獣みたいな……）

少なくとも想像していたロマンチックなのとは全然違う。……なのに、嫌だという気持ちが湧《わ》いてこない。

思い出すと顔が熱くて、胸がきゅーっとして、ドキドキして……と、その時だ。

「ううん……」

史郎が小さく声を上げて飛び上がりそうになった。おそるおそる様子を見ていると、史郎が薄く眼を開ける。

「テトラさん……」

「だ、大丈夫ですかシロー？」

顔から火が出そうなぐらい恥ずかしいけれど、そんな気持ちはいったんしまい込んで史郎の状態を確認する。

「痛いところはありませんか？　気分は？」

「うん……大丈夫……」

大丈夫とは言っているが顔色があまりよくない。おそらく血を流しすぎたことによる貧血だろう。

普段は元気な史郎が弱っている姿を見ていると、罪悪感で胸が痛くなる。

「あの、えっと……昨日は……ごめんなさい……」

「気にしないで。それより、テトラさんの方こそ大丈夫なの？」

「は、はい！　おかげさまですっかり……」

「そっか、よかった」

そう言って、史郎は本当に嬉しそうに笑ってくれた。

……その笑顔を見た瞬間、胸がドキンと高鳴ってしまうのを感じた。

「っ⁉　っ⁉」

胸の高鳴りにテトラが戸惑っている間にも、史郎はもぞもぞとベッドから降りる。

「ど、どこ行くです？」

「え？　学校だけど。今日平日だし、もう遅刻だけど行けるなら行っとかない……と……？」

ふらー、と史郎の身体が前に傾《かし》いで、そのままビターンと床に倒れ込んでしまった。

「ちょっ⁉　シロー⁉」

テトラは慌てて史郎を助け起こす。

「う、うう……」

「やっぱり大丈夫じゃないですよ⁉　無理しないで寝ててください！」

「だ、大丈夫だって……」

「そんな真っ青になって何が大丈夫ですか⁉　学校への連絡なんかはテトラがやりますからシ

ローはとにかく今日は寝ててください！　いいですね⁉」

「ごめん……」

「謝らないでください！　……シローは、テトラのためにこうなったんですから」

何故だろうか？　そう言葉にすると、また胸がドキドキしてしまう。

知らない感覚に戸惑いつつも、テトラは史郎を助け起こしてベッドに戻した。

「とにかく今日は安静にしてください。いいですね？」

「うん……」

「………と、ところでですねっ」

軽く声が裏返ってしまって、史郎が不思議そうにこちらを見ている。

恥ずかしくてたまらないけれど、一応話さないわけにもいかない。

「え、えっと、あのその……さ、昨晩の吸血中のアレは事故といいますか、テトラも正気じゃなかったといいますか、だ、だからその……えっと……ええっと……」

「？　吸血してる時に何かあったの？」

「へ？」

史郎は不思議そうに聞いてくる。

「えっと、ごめんね？　吸血されてる時、なんか意識が朦朧《もうろう》としちゃって、何があったかよく覚えてないんだ」

「……何も覚えてないです？」

「う、うん。……っていたた⁉　テトラさんなんでつねるの⁉」

「……うっせーです」

理不尽《りふじん》だとは思うけど、自分のファーストキスをきれいさっぱり忘れているというのは、つねらずにはいられなかった。

# エピローグ　ちゅーしてデレる吸血鬼のお姫様………♥

「シロー？　食欲はありますか？」

「軽いものなら……」

「では何か用意してきます。ちょっと待っててくださいね」

そう言ってテトラは部屋を出ていく。……声がいつもより優しい。

結局史郎《しろう》は今日一日養生することになって、テトラはそんな史郎を甲斐甲斐《かいがい》しく看病してくれている。

昨日の罪滅ぼしという感覚なのだろう。史郎は全然気にしてないのだが、これは断らない方がいいかなと判断して黙って看病されることにした。

まあ実際、かなり体力を失っているので看病してくれるのはけっこうありがたい。史郎はそんなことを考えながらウトウトとまどろむ。

それからしばらく経《た》って。

「シロー、起きれますかー？」

「へあっ⁉」

うとうとしていたところに、耳元で優しく囁《ささや》きかけられ思わず変な声をあげてしまった。

「あ……おはよう、テトラさん」

「おはようございます。ご飯、できましたよ？」

「う、うん。ありがとう」

史郎の前に、テトラはどこか緊張した様子でスープの入った器を差し出す。

少しとろみのあるスープは、スパイスの効いた食欲をそそる香りがした。

「その……ですね。えっと……これ、テトラが作ってきたんですけど……お口に合えば、うれしい、です」

「え？　テトラさんが作ったの？」

「そ、そうですけど⁉　な、何か文句ありますか⁉」

照れくさいのか、テトラはぶっきらぼうに言う。そんな様子にいつもの調子に戻ってきたような感じがして、史郎は少し笑ってしまった。

「ううん。少し意外だったから。でもすごく嬉《うれ》しいよ。ありがとう」

「そうですか……」

頬《ほお》を染めながら、テトラはスプーンにすくったスープを史郎の口元に差し出した。

「ど、どうぞ……」

「え、いや、あの、自分で……」

「だめです！　こぼしてやけどしたりしたら大変です！　だから……その……あーん」

「あ、あーん……あちっ⁉」

口をつけた瞬間、史郎は身を引いた。

「だ、大丈夫ですか⁉」

「ご、ごめん。ちょっと思ったより熱くて……」

「い、いえ、こちらこそ……」

そう言ってテトラはスープに視線を落とす。

気持ちを落ち着けるように深呼吸。そしてスプーンにすくったスープに顔を近づけ、ふー、ふー、と息を吹きかけた。

「……どうぞ」

「……うん」

史郎の口の中にスプーンが滑り込む。今度はほどよい温かさだ。

だが、テトラが息を吹きかけたものを食べるというのは思いのほか恥ずかしい。

それはテトラも同じなのか視線をそらせ、顔を真っ赤にしたまま口をもごもごさせている。

その様子がまた可愛《かわい》くて、見ていると胸がキューッとしてしまう。

「……美味《おい》しい」

「ほ、ほんとですか？　無理してません？」

「してないしてない。うん……すごく美味しいよ」

そこで、いったん二人の会話が途切れた。

相手の様子を探るようにチラチラ視線を交わし合い、おもむろに史郎の方から口を開く。

「あの……さ」

「はい」

「前に、僕が小さい頃神隠しにあって、女の子に助けられたって話したよね？」

「……はい」

「……テトラさんが、ネーフェちゃんなの？」

史郎の言葉に、テトラはためらうように視線を泳がせる。だが最終的にはこくりと首を縦に振った。

「……『ネーフェ』っていうのは、テトラ達の言葉で『お姉ちゃん』って意味なんです」

「そうなんだ……。まあ確かに、あの頃はテトラさんの方がしっかりしてたしね」

「あ、あの！」

テトラは立ち上がると、あらためて深々と頭を下げた。

「本当にごめんなさい！　あの時も、今回も、シローのこと傷つけて、怖い思いさせて……」

「テトラさん、顔上げて」

史郎の言葉に、テトラはおそるおそるといった様子で顔を上げる。そんなテトラに、史郎は柔らかな表情を浮かべていた。

「なんにも怒ってないから。それよりも僕の方こそちゃんとお礼を言いたかったんだ。あの時は僕のこと、助けてくれてありがとう。こうやって再会できて本当に嬉しいよ」

「で、でも……」

「大丈夫。昔も、今も、僕はずっとテトラさんのこと大好きだから」

そう言って笑いかけると、テトラの顔がまたポッと赤くなる。

「……そういうの、ずるいです」

「ん？　何か言った？」

「な、何でもないです！　それより……まだ、食べますよね？」

「う、うん……」

「じゃあまた、あーんってするです。テトラが食べさせてあげますから」

そうして、史郎の食事を再開する。

正直、ものすごく気恥ずかしい時間だった。

テトラがスープにフーフー息を吹きかけ史郎に「あーん」としてくるし、史郎がもぐもぐ口を動かしている間は嬉しそうに眼を細めてこちらを見つめてくるのだ。

だけど……すごく幸せな時間だった。

胸がドキドキして、嬉しそうなテトラが可愛くて、これだけで昨日の一件におつりが来るぐらいだった。

全部食べ終わると、史郎はまたベッドに横になった。そんな史郎を、テトラはベッドの脇《わき》に置いた椅子《いす》に腰掛けジッと見つめてくる。

「あの……テトラさん？　看病っていっても別にずっとそばにいないといけないわけじゃないんだよ？」

「……やです」

「え？」

「テトラは、シローと一緒にいたいです。ダメ……ですか？」

「い、いや、そんなことないんだけど……」

「……なら、いいですよね？」

そう言うと、テトラはそっと手を伸ばして史郎の手を取った。そのまま指を絡《から》めてくる。いわゆる恋人繋《つな》ぎだ。

「え？　あの……テトラさん？」

「……」

テトラは頬を染めたまま何も言わない。二人の間に沈黙が落ちる。

ただ手を繋《つな》いでいるだけなのに、身体中が熱い。心臓がドクンドクン脈打ってうるさいくらいだ。

「昨晩、シローが来てくれるまで、すっごく不安でした」

ぽつりと呟《つぶや》くようにテトラが言った。

「シローのこと、傷つけてしまって、もう、一緒にいられなくなるんじゃないかって……今こうやってるのも、もしかしたら都合のいい夢なんじゃないかって……」

「……夢じゃないよ。ここにいて、テトラさんとこうしてる。だから、大丈夫だよ」

「……はい」

テトラはそう言うと、もじもじしながら上目遣《うわめづか》いに史郎を見る。

「あの……シローのこと、ぎゅーってしたいです」

「え」

「シローのこと、もっと感じたくて……だめ、ですか……?」

いろいろと思うところはあったけれど、そんな潤んだ眼で見られたら断れるわけがない。史郎はためらいがちに頷《うなず》いた。

史郎が返事するとテトラはおずおずとベッドの中にもぐり込んできた。そのまま、史郎の身体に腕を回してくる。

大事なものを抱きしめるようにぎゅーっとされて、テトラの柔らかい身体が密着する。体温を感じる。テトラの早鐘のような鼓動が伝わってくる。

（テトラさんも……ドキドキしてる……？）

そのことに気づいて、史郎もますますドキドキしてしまう。

そしてテトラの鼓動を感じるということは、当然テトラにも史郎のドキドキが伝わってしまってるということで……。

「……シロー、すっごくドキドキしてますね？」

「そ、そりゃ……その………テトラさん、可愛いし……」

最後の方は消え入りそうだったが、何とか言葉にした。

恥ずかしくて顔から火が出そうだったけれど、テトラもまた耳まで赤くしている。

そのまま抱き合って、お互い無言の時間が過ぎていく。ただテトラのぬくもりを感じているだけで幸せだった。

テトラの方も、史郎との触れあいを堪能するかのようにぎゅっと腕に力を込める。

すごく幸せな時間だったのだけど……史郎も男である。流石に、この状況はちょっと辛《つら》くなってきた。

「テトラさんごめん……ちょっと、離れてもらってもいいかな？」

「……どうしてですか？」

テトラが不満そうに史郎を見上げる。一方の史郎は、しどろもどろになりながらも何とか言葉を紡《つむ》いだ。

「だ、だってその……さっきから、テトラさんのが、当たってるし……」

「当たってる？」

テトラはきょとんとした顔で自分の胸元《むなもと》を見る。

そして史郎の身体に押しつけられた自分の胸と、真っ赤になっている史郎の顔を見比べて……ジトッとした半目で史郎を見た。

「シローのエッチ……」

「ご、ごめん！」

慌てて謝る史郎。だが、テトラは離れようとしなかった。

「あ、あの……テトラさん？」

「男の人は、こうやっておっぱい当ててもらったら嬉しいんでしょう？」

「い、いやそんな嬉し……くないわけじゃないけど……」

「……シローが嬉しいなら、このままでいいです」

そう言って、さらにギュッと抱きついてくる。

「ちょ！　待って！　その！　もう色々限界っていうか！　これ以上は……へ、変なこと、考えちゃいそうというか……」

「……変なことって、どんなことですか？」

「そ、それは……その……」

史郎が言葉に詰まっていると、テトラがそっと史郎の耳元に唇を寄せた。

「……シローも、テトラと……キ、キスしたいとか、考えちゃったり、するんですか……？」

「～っ!!」

史郎は声にならない悲鳴をあげた。

バクンバクンと、心臓が爆発《ばくはつ》しそうなほど高鳴っている。

そして同時に、押しつけられた胸から伝わってくるテトラの鼓動も、同じくらい高鳴っている。

頭がクラクラして、何も考えられない。

ただ、テトラの潤んだ瞳《ひとみ》に見つめられて、胸の奥底にある何かが溢《あふ》れ出しそうになる。

「い……いい、ですよ……？」

甘い囁きが史郎の理性を溶かしていく。

テトラがこちらを見上げる。互いの吐息がかかる距離。

テトラの潤んだ瞳に、史郎だけが映っている。その眼が、すっと閉じられた。

もう何も考えられなくて、灯《あか》りに惹《ひ》かれる虫のように史郎も顔を近づける。あと少しで唇が触れる……と、その時だった。

廊下からパタパタという足音が聞こえたかと思うと、勢いよく部屋の扉が開いたのだ。

「お嬢さま、シロー様、ご無事ですか」

流石に心配だったのだろう。メルがノックもせずに部屋に飛び込んできた。

史郎とテトラは弾《はじ》かれたように身体を離した。

そんな光景を見て、メルは眼をぱちくりさせていた。

「……えーと、お二人ともお元気そうで何よりです。それであの……もしかしてお邪魔してしまいましたでしょうか？　なんでしたら二時間ほど散歩にでも出ていますが」

「ち、違います！　テトラはあの、その……シローがどうしても眠れないというから添い寝してあげてただけで！　ね、シロー⁉　そうですよね⁉」

「う、うん！」

「………………」

メルは『流石にその言い訳は厳しいのでは？』と言いたげだったが、言葉には出さないでおいてくれた。

何はともあれ、こうして史郎達の日々に平穏が戻ってきたのだった。

†

「テトラは何してんですかもーっ！　もーーっ‼」

あの後史郎がまた眠ってしまったのでテトラも部屋に引き揚げて来たのだが……先程自分がやったことが恥ずかしすぎて、テトラは枕《まくら》に顔を埋《うず》めて悶絶《もんぜつ》していた。

看病のためにあーんしたのはまだいい。幼馴染《おさななじみ》み同士の再会なわけだから、添い寝までもギリギリセーフだと思う。

けれど、それ以降のは全部アウトだろう。

(ち、違いますから！　テトラはそんないやらしい女の子じゃありませんから！　あーもうテトラは何であんなことしたんですかーっ！)

心の中でそんなことを叫んでいるが、暴走気味になってしまった理由は明らかだった。

ぎゅっと抱きしめた史郎が、ものすごくドキドキしていたのだ。

自分がくっつくことで史郎がこんなにドキドキしてるんだと思うと、なんだか嬉しくて、自分までドキドキして、幸せで。それで……。

ぷしゅーと頭から湯気を出しながら、テトラは枕に顔を埋める。

……いろいろと恥ずかしいのだけど、一番恥ずかしいのは、あそこで中断されてしまったことを残念に感じていることで。

あの続きを想像すると、なんだか身体が熱くなってしまって……。

枕に顔を埋めたまま悶々《もんもん》としていると、不意に扉をノックされて危うく悲鳴を上げそうになった。

「お嬢さま、入ってよろしいですか?」

「メ、メルですか。どうぞ」

そう言うとメルが部屋に入ってくる。その表情は、なんだか苦笑いを噛《か》み殺したような表情だった。

「どうしたんですか?」

「先程レポートが送られてきて、吸血衝動《きゅうけつしょうどう》の発症条件が特定されました」

「ホントですか!」

テトラはパッと表情を明るくする。今回は事なきを得たとはいえ、またいずれ吸血衝動を発症してしまうのではないかと気が気じゃなかったのだ。

発症条件がはっきりしているのなら、対処するのも可能なはずだ。

ただ、メルの表情は晴れなかった……というより何となく、テトラのことを気の毒そうにしている気がする。

「メル。どうしたです? な、何か悪いことでも書いてたですか?」

「いえ、そうではなくてですね……これは、どうお伝えするべきか……」

メルにしてはかなり歯切れが悪い。だが意を決したように、メルはコホンと咳払《せきばら》いする。

「ここ最近吸血衝動を発症した吸血鬼には、ある共通点があったんです」

「共通点?」

「はい。確認された共通点は主に三つです。この三つを全《すべ》て満たしてしまった場合、吸血衝動を発症する危険があります」

そう言って、メルはまず一本目の指を立てる。

「一つ目はそうですね。テトラ様とシロー様のような関係……日頃から仲が良く、毎日のように吸血する間柄。これを仮にパートナーと呼びます。パートナーがいることが、吸血衝動発症の第一条件です。吸血衝動を発症した際は、基本的にパートナーの血を求めることになります」

メルの言葉にテトラは神妙な顔で頷く。

確かに、発症中は史郎の血が欲しくてたまらなかったし、他の血をいくら飲んでも吸血欲が抑えられなかった。

次いでメルは二本目の指を立てる。

「二つ目は何日かにわたってパートナーからの吸血や接触を我慢していること。お嬢さまもここ最近、シロー様と遊んだり吸血したりするのを控えてましたね？」

「はい」

これにもテトラは神妙に頷く。

史郎がもうすぐ期末テストということで控えていたのだが、それが吸血衝動の原因になるとは思っていなかった。

「なるほど……それで三つ目は？」

「えっと……それはですね」

やはりメルの歯切れが悪い。だが一度コホンと咳払いすると、努めて淡々とした口調で話し出す。

「三つ目なのですが……お嬢さま？　生物の三大欲求はご存じですか？」

「へ？」

思いがけない質問にテトラは眼をぱちくりさせた。

「えっと、食欲、睡眠欲、あとは……せ、性欲ですよね？」

「はい、お見事です。食欲と睡眠欲に関しては説明不要と思いますが、中でも性欲の発現の仕方は様々です。性行為がしたいというのはもちろん、好きな相手と触れ合いたい、キスしたい、恋人になりたい。そういったものも性欲の発露《はつろ》と言えます。それでですね、我々吸血鬼はどうやら食欲と性欲がかなり近い位置にあると言いますか……」

「さ、さっきから何言ってるですか？　早く本題に入ってください」

「……では単刀直入に。三つ目の条件は、パートナーに対して何かしらの性的欲求を抱くことです」

「……は？」

すぐには言葉の意味がわからず、テトラはポカンとした顔をしていた。

だが意味を理解すると、その顔はたちまち真っ赤になった。

「ちが、ちがいます！　ちがいますから！　テトラはそんな……」

「お嬢さま。恥ずかしいのはわかりますが正直に答えてください。……もしもお嬢さまが未確認の条件で吸血衝動を発症したと言うのなら、対応がまったく変わってきます」

メルの口調は真面目《まじめ》そのものだし、言っていることはもっともだ。

テトラはもう涙目で、ぷるぷる震えている。

「えっと……その……メルが出かけていったあと、漫画、読んでて……」

「はい」

「それで……その……え、えっちな、シーンがあって……」

「はい」

「そのえっちなシーンと同じこと、シローにされるの、想像して……それで……」

メルはさながら、我が子が隠していたエッチな本を見つけてしまった時の母親のような穏やかな顔でテトラの肩に手を置く。

「大丈夫、恥ずかしくないですよ？　お嬢さまもお年頃ですもんね」

「〜〜〜っ、優しくされた方が辛《つら》い時もあるんですよ⁉　というか何です⁉　あんなシリアスな感じだったのに発端はテトラがエッチなこと考えたせいだって言うんですか⁉」

「まあ、そうなりますね」

「うわーーん殺せですーーっ!!　いっそ殺せですーーーーっ!!」

大騒ぎしているテトラに対し、メルは終始穏やかな顔をしていた。

「まあまあ。……それでお嬢さまは、シロー様とどんな関係になりたいのですか?」

「え……」

「恋人同士になりたいというならお手伝いいたしますよ?　シロー様が相手なら、私も心から応援いたします」

「だ、だから違いますから!　シローはそういうのじゃなくて……そう!　シローは弟みたいなもので……」

「……弟のような方に対して性的欲求を抱いたというのは、それはそれで背徳具合が上がってしまいますがよろしいのですか?」

「そ、それは……あうあう……」

恥ずかしさのあまり涙目になっているテトラ。

……主に対してこういうことを思うのはあまり良くないのだけど、メルはなんだかテトラを弄《いじ》るのが楽しくなってきていた。

それにテトラ自身、プライドなどが邪魔して素直に史郎が好きと認められないのだろう。そう察したメルは次の一手を打つ。

「それでは少し、実験してみませんか?」

「じ、実験？」

「はい。実は私も、最近は少女漫画というものを愛読しておりまして、その中に相手に恋愛感情があるか簡単に見分ける方法があったのです」

「ふ、ふん。いいですよ。やってやるです」

「では最初に、スマホのメッセージアプリを開いてください」

「はい」

テトラは言われた通り、スマホを手に取ってメッセージアプリを開く。

「シロー様の連絡先は載ってますよね。次はそこを開いてください」

「はい」

「では最後に、メッセージ欄に『好きです。付き合ってください』と入力してください」

「……いややりませんよ⁉」

テトラは真っ赤になってびたーんとスマホを枕に叩《たた》き付《つ》けた。

一方のメルは愉快そうにころころ笑っている。

「いえいえ、送信はしなくてけっこうですよ？　ただメッセージ欄に書き込むだけで大丈夫です。……相手が意中の方だとドキドキしちゃって、メッセージを書き込むことができないという実験なのですが、いかがですか？」

そう言われたら引き下がれない。テトラはもうやけくそで言われた通りのメッセージを入力する。

「ほ、ほらどうですか⁉　言われた通り入力しましたよ⁉　これくらいへっちゃらなんですから！」

……へっちゃらとは言うものの、今のテトラは顔真っ赤で、涙目で、まるで何か死闘を繰り広げてきたかのようにふーっふーっと荒く息をしている。どう見てももう勝負がついている。

メルはそんなテトラにほほえましげな微笑を浮かべながらテトラの耳元に唇を寄せる。

「ねえお嬢さま？　そのメッセージ……そのまま送信しちゃうのはいかがでしょうか？」

「な、何言ってるですか⁉　そ、そんなこと……」

「だって、そのメッセージを送って、シロー様が了承してくれたら、それでもうお嬢さまとシロー様は恋人同士になれるんですよ？」

恋人というワードに、テトラは心臓が跳ねるのを感じた。

「ほら、想像してみてください。シロー様と恋人同士になったら、イチャイチャし放題なんですよ？　好きなだけ甘えていいですし、キスしたり、ぎゅーってしたり、それ以上のことも……ね？」

ゴクリと、生唾を飲み込む。

「シロー様と恋人になって、思う存分イチャイチャして、何だかいい雰囲気になってきて……キスをして、そして……我慢できなくなったシロー様が、お嬢さまのことを押し倒して……」

「あう……あう……」

「……そうしてお嬢さまを押し倒したシロー様が、お嬢さまの耳元で甘く愛の言葉を囁いて、お嬢さまの羽を優しく愛撫《あいぶ》して……」

そう言いつつメルがテトラの羽を指先でつーと撫でて、テトラは『ひあっ⁉』と可愛らしい声を上げた。そのまま撫で続けられ、テトラの顔がどんどん蕩《とろ》けていく。

「何度も何度もキスをして、お嬢さまもそれを受け入れて、やがて二人は一つに溶け合うように絡み合い……」

「も、もう勘弁してくださいーーっ‼」

そうしてテトラがメルに玩具《おもちゃ》にされていた時だ。

「にゃー」

「きゃっ⁉」

いつの間にか近づいて来ていたクロがテトラの膝に飛び乗った。

クロは「なー」と何やら不満げな鳴き声を上げ、ジッとテトラの顔を見上げている。

「どうしたですか？　後で遊んであげるからもう少し待っててくださいね？」

そう言って頭を撫でるが、クロは変わらず不満そうだ。

クロはテトラの持っているスマホに視線を移す。そして前足を伸ばし、ぺしっとスマホの画面にタッチした。

ペコン。

「え」

画面を見る。

『好きです。付き合ってください』というメッセージが送信されている。

既読マークが付いた。

「…………きゃあああああああああああああ⁉」

屋敷中にテトラの悲鳴が響き渡った。

好きです。
付き合ってください
既読

# あとがき

はじめましての方ははじめまして。お久しぶりの方はご無沙汰してます。岩柄《いわつか》イズカです。

拙作『毎晩ちゅーしてデレる吸血鬼のお姫様』を手に取っていただきありがとうございます！

前作の『「ずっと友達でいてね」と言っていた女友達が友達じゃなくなるまで』がご好評いただけたので同じ小動物系ヒロインとの甘々路線で、かつ差別化でツンデレ吸血鬼ちゃんとのちょっぴりエッチなお話にしようということで本作は生まれました。

このあとがきを書いてる時点ですでに母や知人（女性含む）に読まれることがほぼ確定してるので内心『ぐああああ』と悶絶《もんぜつ》していますが頑張ります。よければ応援してください。

ここからは謝辞を。

イラストを担当してくれたかにビームさん。素敵なイラストありがとうございました！　表紙のテトラちゃんが可愛くて時々眺めて『ふへへ……』ってなってます。

担当編集のさわおさん。様々なアドバイスありがとうございました！　いつもいっぱい褒めてくれるので気分よくお仕事できました。これからもよろしくお願いします！

この本を手に取ってくれた読者の方々。お付き合いいただきありがとうございました！　楽しんでいただけたなら幸いです。これからも頑張るのでよろしくお願いします！

無事に次巻を出せたらさらに甘さとエッチさ大増量でお届けしますのでお楽しみに！

あと、X（旧Twitter）やってます。時々新作の情報や作品の裏話、ちょっとしたSSも公開したりするのでよかったらフォローしてね。

## ファンレター、作品の
## ご感想をお待ちしています

〈あて先〉

〒105-0001
東京都港区虎ノ門2-2-1
ＳＢクリエイティブ（株）
GA文庫編集部 気付

「岩柄イズカ先生」係
「かにビーム先生」係

**本書に関するご意見・ご感想は**
**右の QR コードよりお寄せください。**

※アクセスの際や登録時に発生する通信費等はご負担ください。

https://ga.sbcr.jp/

# 毎晩ちゅーしてデレる吸血鬼のお姫様


発　行　　2024年2月29日　初版第一刷発行
著　者　　岩柄イズカ
発行者　　小川　淳

発行所　　SBクリエイティブ株式会社
〒105-0001
東京都港区虎ノ門2-2-1

装　丁　　AFTERGLOW

印刷・製本　中央精版印刷株式会社




ISBN978-4-8156-2302-9
Printed in Japan
GA文庫